即使只有一點希望，
也要緊緊抓住

溫小平——著

目錄

推薦序

在苦難與豐盛中都喜樂╱杜宏毅 6

拿出打開耳、打開心的勇氣╱張永慧 10

輯一 即使曾經迷失，也要努力找對方向

1-1 不怕迷路，就怕找不到方向 16

1-2 從小事上嘗新，踏出美好的第一步 21

1-3 保有你的個性，何必勉強自己迎合他人 26

1-4 控制不了情緒，傷人又傷己 31

1-5 當恐懼入侵，勇敢向恐懼宣戰 35

1-6 揭開虛幻外衣，面對真實世界 39

1-7 嘲笑如浪席捲，你就破浪而出 43

1-8 挑戰極限，去做從未做過的事 48

1-9 人生角色何其多，一次演好一個 53

1-10 別被阿諛奉承所惑，忘了自己是誰 58

1-11 掌握難得的機會，讓弱點變強項 62

1-12 任何年齡都可以實現你未圓的夢想 67

1-13 人心難測，討好上帝勝過討好人 72

輯二 即使只有一點希望，也要緊緊抓住

2-1收穫比不上耕耘，那就努力改善現況.................78

2-2垃圾斷捨離，別讓它汙染身心靈.................83

2-3只要有一點希望，都要緊緊抓住.................88

2-4不數算人家的惡，記得他的好.................93

2-5雖然你不起眼，卻能散發獨特的芬芳.................97

2-6無論相隔多遠，禱告都可以穿山越嶺.................101

2-7被禁錮在某個空間時，要懂得善用這段時光....106

2-8遇到一位好老師，終生受益無窮.................111

2-9同悲傷同歡笑的朋友，值得一生珍惜.................118

2-10抓住眨眼即逝的心動，成為恆久的感動.........122

2-11當你處在黑暗中，莫像飛蛾撲火找錯光.........127

2-12今天虧欠了誰，今天就要補償他.................131

2-13舉手之勞，成為別人隨時的幫助.................135

輯三 即使只剩一口氣，也要繼續走下去

3-1多走幾步路，走到不可能的高度........................142

3-2即使排在第九棒，也要抓住好球用力揮棒......146

3-3快喘不過氣來了嗎？暫停一下再出發..............151

3-4小小的身軀裡，藏著出人意外的力量..............157

3-5日光下的夜明珠，不是不夠亮，

　　而是放錯了地方..162

3-6有人伸出援手，可別錯過這一線生機..............167

3-7環境再惡劣，也要在寒夜中綻放美麗..............172

3-8除了忘記背後，還要拚命打通前方道路..............177

3-9即使嘲笑聲隆隆，你也要堅持完成夢想..............183

3-10人生路要慢慢走，

　　　才能看到兩岸風光的美好........................187

3-11走到盡頭疑無路時，何不求上帝幫幫你..............192

3-12舊的不去，新的不來，讓生命完全翻轉吧..............198

3-13小泉水也能變成一條大河流........................203

輯四 即使不斷失敗，也要保持正面心態

4-1 學習暖化孤單，跟孤單化敵為友 208

4-2 別讓你的疏忽，奪走了彼此的平安 213

4-3 即使害羞內向，也可以擁有好人緣 218

4-4 失去所愛後，找到繼續活下去的力量 223

4-5 當青春一天天消失，智慧卻一天天加增 228

4-6 即使被冤枉抹黑，也不要放棄對人的信任 233

4-7 無論失敗多少次，都別輕易放棄自己 239

4-8 凡事量力而為，拒絕不合理的要求 245

4-9 晚上睡不著，找點有意義的事來做 250

4-10 仙人掌滿身刺，依然需要一個擁抱 255

4-11 撕掉錯誤標籤，看到他內心的溫柔 260

4-12 丟臉丟大了？那就把丟掉的臉皮找回來 265

4-13 機會不是別人給的，而是自己抓住的 271

寫後心情

想要抓住的東西太多，最珍貴的只有一樣 278

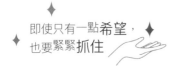
〈推薦序〉

在苦難與豐盛中都喜樂

杜宏毅

台灣網路認證公司策略長

我認識溫姊多久了呢？大約四分之一個世紀吧！算長嗎？還算長吧！時間的長短可能不重要，重要的是我們一起走過人生中不算短的一段歲月，認識相同的人、經歷過相同的事。這本書看似以溫姊個人對人生體會的感觸所組成，但是每一篇感觸，其實背後都有故事。這些故事，有許多是我與她一起經歷過的，所以在讀這本書的時候，感受特別深刻。

書中有一段寫到「70歲那年，我決定送給自

己一份生日大禮，報考台東大學的兒童文學所，又擔心考不上，到時太丟臉，瞞著所有親友（只讓丈夫、兒女及一位為我代禱的杜哥知曉）…」文中那位代禱的杜哥就是我啦！這些正面鼓舞人的故事，在書中俯拾皆是，這就是我所熟悉的溫姊。

上帝沒有應許我們天常藍、花常紅，書中有許多篇文章，是溫姊在健康上、在人生道路上抑或是在與親人相處上遭遇重大打擊時所寫下的。那年溫姊的媳婦好不容易懷孕，但是接下來的事情發展，卻讓人難以接受，溫姊寫到「…媳婦懷了三胞胎以後，多位名醫都勸媳婦趁早減胎。…某個夜晚，我累得渾身乏力，心想，既然用盡方法都無法阻止減胎，決定放手不管了。睡前，我做了禱告，向孫子女道歉，奶奶保不住他們，同時拜託上帝接手…。」

　　字裡行間，仍然看得出來，溫姊面對現實時的無助。但是，溫姊總是牢牢地抓住她所信的上帝，藉著禱告將心裡所要的告訴上帝，上帝就賜下出人意外的平安，保守她的心懷意念。事情的後續發展雖未盡如人所祈願，但是上帝最後仍賜下了祂美好的安排。這三胞胎最後如何？先賣個關子，書中自有解答。

　　閱讀這本書的時候，對於書中所描寫的情境，會有一種不自覺而感同身受的反應。溫姊寫到「你體會過孤單嗎？你只有一個人，呼天不應求地也不應，彷彿你被拋棄在荒島，四周空無一人。接下來，慌張、恐懼瀰漫整個心靈，好像你隨時會被死亡抓走。⋯」

　　這些困境，或許與我們面對的不盡相同，但是卻真實地映射到我們生活中的點點滴滴，讓人不自覺的會問：如果是我，我會怎麼做？在生活

中，我是不是也有同樣的感受？我是怎麼想的？

　　書中談到的孤單、寂寞，誰沒有？被人誤解，想要放棄對人的信任，誰沒經歷過？面對自己的個性，與人相處產生摩擦，這不是每個人都會遭遇的難題嗎？溫姊以自己的生活經歷，用一種看似自說自話的方式，娓娓分享她面對這些情境的應對之道，溫姊的分享看似平淡，但是卻貼近我們的現實生活，非常扎心。

　　溫姊在書中所寫的內容，不是甚麼人生大道理，她只是將如何在身處苦難與豐盛中仍保有平安喜樂的秘訣，用文字記錄下來，與你分享。希望你也能體會這個秘訣，無論是處在豐盛還是苦難之中，都能緊緊抓住看似微小的希望，活出平安喜樂的人生。

〈推薦序〉

拿出打開耳、打開心的勇氣

張永慧

Meta大中華區代理商方案總監

其實答應寫推薦序的整個過程，就已經在實踐這本書了！

當媽媽第一次邀請我寫推薦序的時候，想都不想就立刻搬出「我哪會啊？」、「我又沒寫過」的理由拒絕了。但才過了幾天，媽媽就發揮書中「只要有一點希望，都要緊緊抓住」的精神，堅持到底，不輕言放棄，拿出三寸不爛之舌再次展開遊說，而我最終也因為忠於「挑戰自己的極限，去做從未做過的事」，而生出了這篇推

薦序。

　　而當我打開第一篇文章開始閱讀以後，自然
而然地帶著一種審視檢查清單的態度看下去，每
讀完一篇就開始思考「我碰到這個問題的時候，
是這樣處理的嗎？」，讀著讀著猛然發現，自己
很多問題的處理方式，竟然跟書中寫的很像。而
在親朋好友眼中，我又一向是個正面樂觀的人，
所以看這本書真的很有用囉？！

　　但如果整篇推薦序就結束在「看完這本書，
就可以養出一個好棒棒的女兒」，也未免顯得太
草率而且浮誇。

　　首先，我必須說，從青少年以來，我就是
個典型的叛逆反骨小孩，就是爸媽說A我偏要做
B的那種人，所以要我聽媽媽的話，完全就是天
方夜譚。不聽話的結果，自然就是很多苦要自己
吃，很多傷要自己癒合，很多次跌倒要自己爬起

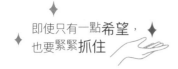

來。也因為這樣，長到一定的年紀，真心開始體會到「不聽老人言，吃虧在眼前」。也許你翻一翻這本書，一開始會覺得這些話、這些例子我都聽過了啊！但是，你真的打開耳朵「聽」進去了嗎？會不會為反對而反對，或聽到第一句就覺得你都知道了，而常常自動把耳朵關上，其實甚麼都沒有聽進去？

其次，就算聽得進去，往往你的內心也會告訴你「這我哪做得到？！」，而我也必須強調，就算我開始聽媽媽的話，很多時候也還是必須經過反覆的失敗、練習，甚至偶爾要逼迫自己，才能迎接真正的蛻變。重要的是要打開心，讓自己保有強大的信念跟意志力，才能一步步邁向更好的自己。

但不論是打開耳或打開心，最重要的其實是要拿出勇氣。在我跟媽媽相處的數十年過程中，

深切體會到，書中的某些心態轉變也不是一蹴可幾的。身為兒女，為了媽媽開心、不要常生氣，免不了也會給予一些「良心的建議」，一開始也是會被「我都活了幾十歲了，改不了了啦！」給擋回來，但從生活中看到媽媽的改變，相信她也是拿出極大的勇氣戰勝自己，才能有現今的體會。

尤其是書中的一些小故事，我知道媽媽經歷的當時，心中有多麼地沉痛，在書寫的過程當中，也必須鼓起勇氣檢視傷口，重新面對自己，從而轉化成一句句美麗的詩篇。

讀完這本書，審視完檢查清單，發現自己還有許多可以進步的地方。也鼓勵你閱讀這本書的時候，不妨像我一樣進行自我檢視，然後打開耳朵、打開心，從你覺得最容易改變的地方開始，拿出勇氣，讓我們一起成為更好的自己。

即使只有一點**希望**，
也要緊緊**抓住**

即使曾經迷失
也要努力找對方向

不怕迷路，
就怕找不到方向。

　　每個人都有迷路經驗，如果只是在我們生活的地方迷路，問題不大，只要問路人或找警察，甚至尋索手機上的谷歌地圖，都可以指引一二。

　　怕的是我們迷失在人生的道路上，覺得迷惑迷惘，不曉得何去何從，心裡塞滿一堆問題，我們為甚麼來到世界上？我們的生命有甚麼意義？我成績這麼差，考不到好學校，會有未來嗎？平凡如我，到底可以做些甚麼，才可以自己快樂，也給別人快樂，甚至於對家人、對社會國家有貢獻？

　　當我們陷溺在這樣的困境中，就像住在永夜
國度的人，盼不到太陽。可是，一旦我們找到正
確方向以後，不只是心境豁然開朗，甚至發生意
料之外的美好遭遇。

　　人生不怕迷路，就怕找不到方向。

▌生涯中迷失方向，開發出精彩下半場。

　　當我罹患癌症後，因為健康不佳，只好辭職
在家休養。調養過後，我計畫重回職場，說也奇
怪，原先為我預備的機會，卻一扇扇關了門，甚
至想要參加海外短宣，也等不到回覆，讓我十分
沮喪，以為生命提早歇業，要被社會淘汰。

　　期間，我到佳音電台接受訪問，分享見證，
未料，下節目後，副台長邀我進餐，問我可不可
以主持節目？當時我感到的不是受寵若驚，而是

嚇壞了，我怎麼可能？我向來對自己的聲音很自卑，粗啞低沉，毫不討喜。副台長卻鼓勵我，現在就流行這樣自然的聲音，我的豐富閱歷正適合主持節目。

經過禱告，加上朋友的鼓勵，毫無主持節目經驗的我，抱著接受挑戰，為上帝上戰場的心志，接下主持棒。學習自控機器，製作節目內容，邀訪來賓、甚至主持現場叩應節目…，一關關度過，等於學會了另一項新的技能。轉瞬間，我竟然主持了二十幾年節目，還是一週五天的帶狀節目呢！不但能夠陪伴無數聽眾，也讓我實現散播快樂給大家的心願。

當我迷失在人生的下半場要做甚麼的困境中，上帝給了我另一條新路，完全超乎我的所求所想。

可是，當初我若因為害怕新事物而拒絕，是

否就失去了這個美好機會？

▌迷路之後，想辦法努力脫困。

到國外旅行，面對全然陌生的城市國家，免不了會遇到迷路的經驗，你是留在原地？還是想辦法脫困？若把這種迷路情況轉化到生活生涯之中，你又要如何找到自己的方向？

「誰敬畏耶和華，耶和華必指示他當選擇的道路。」（詩篇25:12）。不論是何種情況的迷路，若是只知道哭泣害怕，這是毫無幫助的。除了保持冷靜，懂得尋求外援，還要善用自身的長處，同時要讓這次的迷路經驗，轉換成實質的益處。

例如城市迷路，下回知道如何使用地圖；愛情中迷路，學會認清渣男渣女的真面目；職場中

迷路，確知自己適合參與甚麼計畫；生涯中迷路，找到上帝派給你的特別任務，朝著你的標竿前進。

　　這樣，無論是哪一種情況的迷路，都能幫助你找到正確的下一站！

低谷天光

無論是彎道、岔路或置身迷霧森林中，只要知道目標在哪兒，努力尋找，還是有機會走上正路。所以，平常多去陌生的地方練習，例如到國外自助旅行，試試看，你迷路時如何脫困？人生不怕迷路，就怕你找不到方向。

從小事上嘗新，
踏出美好的第一步。

　　我們多少都想過長大以後要做甚麼，也寫過「我的志願」之類的作文，可是，隨著時光飛逝，你卻一事無成，覺得前路茫茫，看不到方向。

　　你開始抱怨，老天不公平、上帝沒給你好家世，甚至還怪爸媽的遺傳因子太差…。你難道從來沒想過，是因為膽怯造成你畏首畏尾？消極讓你不敢去爭取？自卑讓你害怕遭到譏笑？這樣的想法和個性，導致你從小不敢接觸陌生事物。

　　你不搭沒坐過的公車路線、不吃沒吃過的食

物、不剪沒嘗試過的新髮型…，即使是生活中的小事，你都不敢突破嘗新，怎麼可能伸出探索的腳步？未來遇到更大的挑戰，你自然就裹足不前。

怕生，成了一條繩索，牢牢捆住你，讓你無法施展，不敢向前邁步，只能坐困愁城。結果，沒成就、沒表現，你要怪誰呢？

▌主動跳出來，攬下陌生事務。

我大學快要畢業時，班上熱烈討論畢業旅行的地點，吵了一個多星期，依然無法達成共識。眼看著日期愈來愈近，我不曉得哪兒來的勇氣，站起來就說，「大家別吵了，這次的畢業旅行就交給我統籌負責，一星期後，我會交出完整計劃和預算表。」

　　班代表一聽大樂，立刻丟出這個燙手山芋。這下子輪到我緊張了。我從未辦過類似活動，當時也沒有網路，可是既然開口了，只好硬著頭皮上場，從規劃環島路線、訂遊覽車和旅館，擬定沿路的吃喝玩樂，一樣樣完成之後，我如期交出企劃書。結果，出乎意料之外，那次的畢業旅行雖有小瑕疵，卻獲得同學一致好評。

　　因為這次的勇敢嘗試，之後，我才敢自己規劃國內旅程，並且帶朋友到國外自助旅行，甚至四處應邀演講分享旅途中的驚險與刺激。讓我體會到，平常生活中，若能勇於嘗試新事物，就不會因為恐懼退縮，錯失大好機會。

▌沒做過？這才是你訓練自己的好機會。

　　你只要看看手機推陳出新的速度有多快，就

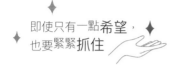
知道我們身處的時代的變換就在眨眼間，不爭取新的機會，你很快就被淘汰。

如果不希望遭到淘汰，那就從生活小事上開始，好好訓練自己，每星期至少做一件過去沒做過的事情，例如跟捷運上隔座的陌生人說話、搭乘沒坐過的公車路線、換一種新造型、吃一道沒吃過的菜餚…，面對從未有過的經驗，勇敢去做，即使失敗了也沒關係，不要再以害怕、恐懼、膽怯、消極等負面思維做藉口。

在任何團體之中，例如學校、教會小組、公司行號，儘量爭取擔任新幹部、參與新事務、協辦大小活動、報名各種從未接觸過的比賽。累積的經驗愈多，你就愈不會害怕更大更新的挑戰。

「你當剛強壯膽，不要懼怕，也不要驚惶。因為你無論往哪裡去，耶和華你的神必與你同在。」（約書亞記1:9）上帝創造我們，也同時

賜給我們「應變」的能力，正如同花草樹木面對
大自然的氣候變遷，他們都能很快適應。所以，
從現在開始，不要再拒絕任何新的事物，反而要
把它當作你的新機會。

低
谷
天
光

不敢嘗鮮嘗新，多半因為沒做過，或是擔
心失敗。如果你知道，無論你做甚麼事，
都是藉著這個機會，開發上帝賜給你與生
俱來的潛能，幫助你東山再起，這麼一
來，你就比較願意放下害怕，更積極去嘗
試新奇事物了。

保有你的個性，
何必勉強自己迎合他人。

　　我們的長相不同，個性也不同，即使是同卵雙胞胎，多少也會有差異。

　　也因此，我們處理同一件事情，自然會有不同結果。你是不是經常羨慕別人，擁有美好的個性，細心體貼、勇往直前、行動有效率、善於做決策、做事有條不紊，不但為他們贏取人緣，而且使得他們無往不利。

　　於是，你隱藏了自己的個性，刻意模仿他人，希望也能像他們一樣。結果，你不但失去了自己的優勢，反而讓別人譏笑你東施效顰，付出

的努力如同石子投河，只是激起不痛不癢的水花。

　　上帝造人，創意無限，也讓我們各自擁有不同的個性，我們為甚麼要暴殄天物，辜負了上帝的美意呢？

■ 急躁個性，也能適時發揮作用。

　　我從小就是個急躁的人，沒有耐性，講求速度，要我慢吞吞地按部就班，那簡直就是天方夜譚。因此，待人處事難免出狀況，不是說錯話、得罪人，就是忽略細節。我很不喜歡自己這樣的個性，偏偏我又慢不來。

　　直到我38歲罹患癌症時，這才發現急有急的優點。當我得知抹片檢查結果細胞不正常，醫生建議我再找一家醫院尋求第二意見，我當天下午

就到第二家醫院做了切片。又因為醫生目測應該
是癌症，切片只是為了確定第幾期，建議我儘快
住院，先做術前的各項檢查，以爭取時間。我毫
不遲疑地隔天就辦理住院，拿到切片報告時，我
剛好已做完所有檢查，就能即刻採取手術，幾乎
沒有耽誤到時間。

　　反觀我隔壁病房的花女士，跟我同齡同樣病
情，卻不願意接受診斷結果，拖延一整年，病情
變得愈發嚴重，最後癌細胞轉移肺部…，兩年後
離開世界。

　　我的性急，就在關鍵時刻派上用場。

▌不要羨慕別人，發揮自己個性中的優點。

　　就以我們穿的衣服來說，從設計、打版、裁
製、展示、品管、行銷，終於來到消費者手中，

經過許多過程，其中參與的人，各有特長，也各有個性，放在不同的工作點上，產生了最佳效果。例如耶穌所揀選的12個門徒，各有不同個性，彼得急躁直爽、安德烈謹慎小心、馬太謙恭有禮…，你能說誰比較好比較受歡迎？畢竟他們各有所長。

「因為上帝看人不像人看人，人是看外貌，耶和華是看內心。」（撒母耳記上16:6-7）與其羨慕別人，自怨自艾，還不如積極地找出自己的性格特色，好好發揮，完成你的各項任務。做事仔細，可以查帳，敢衝敢拚，可以從事業務開發，慢工出細活的人，適合從事手工藝。何妨針對自己的個性，爭取適合自己的機會。

另外，還要懂得降低性格缺點的殺傷力，例如急躁的人說話要三思，做事一板一眼缺乏變化，就不要從事需要創意的工作，粗心的人就不

適合做會計、精工設計等工作。

　　無論別人如何評斷你的個性，你都要懂得讓別人看到你的個性帶來的價值。

低谷天光	上帝創造我們，每個人都是一項特殊設計，我們絕對擁有某種特異功能。所以，想辦法找出自己的優點，儘量使用自己，讓優點發出如瑪瑙、珊瑚、翡翠、鑽石等不同寶石的光芒，千萬不要一味迎合他人，搞丟了自己！

控制不了情緒，
傷人又傷己。

　　每個人難免都會有情緒，若能自我控制，就不致影響人際關係。

　　你心中有氣，如果是靜靜哭泣、躲起來生悶氣、大吃一頓、不停買買買，至少只是跟自己過不去。最怕的是，罵人、打人、摔東西，甚至像脫韁野馬，跳上駕駛座，拼命催油，在馬路上橫衝直撞，輕者傷己，重者傷人。

　　跟你這樣的人相處，家人首當其衝，只好跟你保持距離。朋友深怕成為你怒氣下的傷兵，就會視你如蛇蠍，離你遠遠的。一旦進入職場，有

誰願意跟懷抱定時炸彈的你共事？你的未來更是荊棘滿布、前途堪慮。

▌控制不了情緒造成禍害

　　有位攝影大師，拍照技術的口碑甚佳，婚紗照拍得尤其美，許多新人趨之若鶩，必須提早預約。

　　偏偏這位攝影師的脾氣很糟，拍照過程只要不順心，就會開口罵人，罵助理、罵化妝師，甚至連拍照的新郎新娘都會被波及。但是因為他的技術高明，大家也就忍了下來。

　　某次，攝影師到銀行貸款不順，覺得經理故意刁難，當場動怒，大發脾氣，未料竟然心臟病發，送醫後不治。

　　不久後，妻子改嫁給攝影助理，攝影公司和

所有財產都由助理接收，聞者不勝唏噓。攝影大師的縱容情緒，導致英年早逝，辛苦賺得的基業全都落入他人手中。

▋ 找出情緒失控原因，對症下藥。

當我們發現地裡埋著未爆彈，即使是拆彈專家，照樣要小心謹慎，細心加上技巧，一步步解除危機。所以，面對我們到處亂竄的情緒，就要學會控制、抒發，並且要有適當的發洩管道。

「暴怒的人挑啟爭端，忍怒的人止息紛爭。」（箴言15:18）縱容情緒四處亂竄，如同星星之火可以燎原，你不只是傷到別人，情緒反彈到你身上，也會受到內傷，整個人身心靈都大受虧損。這是你必須嚴肅面對，而且要慎重處理的。

　　首先要找出造成情緒失控的原因，父母的疏忽或縱容？老師同學的貶低或嘲笑？甚至從小缺乏紓發情緒的教導？同時，紀錄導致你情緒失控的事件，除了儘量避開這些事，在你的脾氣快要發作時，要立刻離開現場，喝水、上廁所、做深呼吸，以轉移情緒。

　　當你能夠控制情緒以後，你的人際關係也會逐步改善。

低谷天光

你的工作不順、人際打結、感情沒著落、健康出狀況，很可能和你的情緒控管不佳有密切關係喔！試試看，找出一件最容易引起你暴怒的事情，用正確的方式消除怒因，掌控住你的情緒，讓脫序狀況逐漸減少。

當恐懼入侵，
勇敢向恐懼宣戰。

　　即使膽大包天的人，難免心中也有懼怕的東西。

　　怕黑、怕夜晚、怕陌生人、怕蛇怕老鼠、怕鬼、怕上台、怕孤單、怕結婚…，隨便舉例，都可以舉出一堆的恐懼。有些恐懼不至於影響生活或人際，例如怕蛇怕蟑螂，你只要離得遠遠的就好。

　　可是，有些恐懼卻會限制你的發展，影響你的就業或感情生活，讓你動輒得咎，甚至舉步維艱，那就要好好面對，努力克服，別被恐懼把你

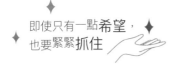

帶去更深的黑暗裡。

▌不敢獨睡，限制旅遊探險的腳步。

　　我喜歡旅行，卻因為不敢獨睡，錯失許多機會。

　　頭一回去馬來西亞採訪，主辦單位好心提供每人一間豪華套房，我卻嚇得三個晚上睡不著，雖然後來另一個女團員邀我同住，解決了我的問題，但我卻白白浪費了高檔房間。

　　事隔多年，不敢獨睡的毛病依然如故，參加東巴爾幹半島的旅行團，我落了單，領隊又是男性，我只好一人睡一間。團員羨慕我可以不用加價獨享雙人房，我卻害怕得無法入睡，只差沒有抱著棉被睡大廳。

　　就因為這種恐懼，讓我取消到愛爾蘭遊學的

機會，也不敢獨自出國旅行，否則我早就完成環遊世界的夢想。

▌趕走恐懼，擴張境界的寬廣度。

若要面對恐懼，破解恐懼的網羅，首先要找出恐懼來源，從根本解決。例如你是暗夜返家時被歹徒嚇到，所以害怕走夜路；爸媽經常吵架打架，導致你恐婚；上台演講卻忘光演講稿，受盡嘲笑，造成舞台恐懼症⋯。如同我恐懼獨睡，是因為結婚前夕，小偷闖入我家，從我枕畔偷走皮包，從此不敢獨睡。

「我曾尋求耶和華，他就應允我，救我脫離一切恐懼。」（詩篇34：4）消除恐懼的方法只有一個，那就是直接面對恐懼。怕黑就開燈；怕蟑螂就消滅蟑螂；怕床底下有怪物，就把床單掀

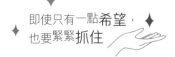
開來查看；害怕上台，就事前多多練習上台，或是事先準備講稿照著念；恐懼婚姻，則請教心理諮商專家。而我不敢獨睡的毛病，則是在丈夫外調多年，逼得我必須獨睡而壯了膽。

恐懼不可怕，怕的是你從此裹足不前。

低谷天光

試著找出情況比較輕微的恐懼，逐步消除打敗它，然後再針對第二級恐懼，擊潰它。在跟恐懼宣戰的過程中，請學習倚靠上帝，求上帝除去心中的恐懼，讓你有足夠智慧面對問題，不再為恐懼所困。

揭開虛幻外衣，
面對真實世界。

　　有時候，我們因為害怕憧憬幻滅，不願意面對真相，一味躲避在自己構築的虛幻世界裡。

　　明知目前的工作不適合你，你卻認為是同事忌妒你、破壞你；明知穿著打扮不適合你，依然花大錢買名牌裝飾自己；明知正在交往的情人不愛你，卻不斷讓他暴力傷害你、欺騙你的錢；明知健康檢查結果不理想，卻照樣大吃大喝。

　　其實，早就有人好心給你建議，你卻聽不進去，用各樣假象自欺欺人，不但虛度了許多光陰、花費許多冤枉錢，也讓你過得不快樂。

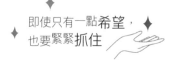
▌愛上倒影中的虛幻美景

到處旅行的我，遇到湖泊或河川，我很喜歡拍攝倒影。

倒影的主角有時是建築物，有時是大自然景色，當他們的形體映照在水中，相映成趣，有時候我還覺得倒影更美麗。

因為倒影的線條比較模糊、虛幻，顯得柔和許多，有點水墨渲染的意境。我總是拍了一張又一張的照片，回家整理時，每張都捨不得刪去。

希臘神話裡的納西瑟斯不也如此，他自幼沒有照過鏡子，所以不知道自己長得甚麼樣。當他無意間看到河水裡的倒影，那麼的美麗俊俏，於是，他愛上自己的倒影而無法自拔，至終，虛弱地倒在水邊，幻化成孤芳自賞的水仙。

這樣的倒影，不正像情人虛幻的甜言蜜語，

讓我們忘了去發現他的真實面目。

▊ 認清自己不自欺，認清別人不欺人。

我們是否也陷溺在虛幻世界裡，自得其樂，忘了跟真實的世界打交道？

想想看，倒影雖美，卻是無比脆弱，只要水面有鳥飛過、有風掠過，或是有人投進一粒石子，倒影立刻就亂了、混了，扭曲變了形，不美了，根本禁不起考驗。

所以，不要為了討好人而人云亦云，勇敢表露你的真實內在，這樣獲得的友誼才最珍貴，不致像虛幻的倒影不堪一擊。遇到欺騙你的情人，不要安慰自己他是愛你的，要勇敢揭開他糖衣下的穿腸毒藥，徹底跟他斷絕來往，不給他繼續傷害你的機會。

願上帝成為我們心中的明鏡，讓我們除了認識自己的真面目，也能夠揭開別人的假面具。

低谷天光

我們身處的社會充斥著各種華麗包裝的食品，認清食物的真實內涵，了解其中的成分，是否對健康有害，是否充滿幾十種添加物？就讓我們從經常接觸的食品開始，學習不被外表的裝飾所欺騙，也不用過多包裝欺騙消費者。

嘲笑如浪席捲，
你就破浪而出。

　　你曾經被嘲笑過嗎？你當時感覺如何？覺得自己很糟糕很差勁，或是只想鑽到地洞裡。如果制止不了別人無止境的嘲笑，你會怎麼辦？

　　有位國中女生在line群組中遭到嘲笑，大家對她的貼文都是已讀不回，她認為沒有人重視她的存在，傷心難過得自殺。雖然被救回性命，但是她的心靈創傷並未復原。一旦再度遭到嘲笑，很可能又會傷害自己。

　　你想過沒？自殺或逃避都無法讓嘲笑消失，有的人就是以嘲笑別人為樂，其實你並沒有那麼

糟，卻誤以為你自己很差勁。即使你真的表現沒那麼棒，那又怎麼樣，你還是有進步的空間啊！

要知道，有些情況是我們無法改變的，例如我們的家庭背景，但我們可以在其他方面扳回一城，千萬不要因為受到嘲笑就自貶身價，那不是讓別人更稱心快意嗎？

別人無法真正貶低你，除非你自己先放棄自己。

▋ 沒有爸爸已夠可憐，難道還要變得更可憐？

出生沒多久就失去爸爸的我，每次跟鄰居小孩玩遊戲，他們只要輸給我，就會罵我「沒有爸爸的小孩！」「水溝裡撿來的小孩！」想到又黑又臭的水溝，我氣得說不出話來。

當我從鄉下進城念小學，同學更是欺負我是

鄉下人。雖然我不懂鄉下人為甚麼要被嘲笑，但我知道，跟他們吵架，一嘴難敵眾嘴，若要打架，我又打不過男生。於是，我用名列前矛的學業成績、作文分數，堵住他們的嘴巴，讓他們笑不出來。沒想到，他們轉而拿我的身材開玩笑，嘲笑我的身材是「上半身進了教室，屁股還在外面。」接著哄堂大笑，導致我很多年不敢穿長褲。

當我漸漸有了自信，如今，遇到嘲笑，我才不隨之起舞。笑我沒爸爸？我有個全世界最棒的天父爸爸；笑我矮又胖？我就穿出自己的帥氣美麗來。

▓ 讓嘲笑變為敦促你進步的催化劑

我們身邊就是有那麼多愛嘲笑別人的人，他

們自大、缺乏愛心，血管裡塞滿忌妒，見不得別人比他好，以羞辱別人為樂，甚至因為自卑，藉著嘲笑別人來墊高自己…，即使我們表現傑出，他們還是可以找出其他的嘲笑理由。

這些疙瘩，如同膽囊、腎臟或膀胱裡的結石，一定要排出去，而不是置之不理。就像路上的石頭，不只是跨越或視而不見，要徹底清除，否則不是別人摔跤，你再次路過時也會絆倒。

這樣的例子並不少見，好比網路上的鍵盤俠，躲在鍵盤後面罵人，他才不管你聽了是否氣得睡不著覺，傷心得想要自殺…。曾有藝人受不了網路霸凌，也是以自殺結束羞辱。其實，羞辱並未結束，也並未隨她而去，只是霸凌又換了其他對象。

「你不可為惡所勝，反要以善勝惡。」（羅馬書12：21）所以，面對別人的嘲笑，如何讓

嘲笑的威力整個瓦解？那就是置之不理，更不要隨之起舞，也變成那樣的惡人。同時，你不要因此輕看自己，反而要更加努力，粉碎他的各樣批評，如同衝浪選手，勇敢地破浪而出。

低谷天光

任何險詐惡毒，都不能傷害我們，我們要用堅強的自信當作盾牌，讓所有的惡無所遁形。如果你願意，甚至可為他們禱告，希望上帝潔淨他們的心靈和唇舌，讓他們學習說出讚美的話語。在世上，多一張讚美的嘴，就少一副刻薄人的唇舌。

挑戰極限，
去做從未做過的事。

　　當我們不停抱怨沒有好機會，沒有千里馬賞
識我們，真相卻是，每當挑戰來臨，我們只想找
個安全的地方躲起來，根本就不敢接招。眼睜睜
望著別人一個個衝上前，而且表現得很不錯，你
再嘆息後悔，機會早就逃得不見蹤影。

　　當然，我們也可以平凡過一生，守著一份薪
水、做著不痛不癢的工作，拒絕所有陌生的事
物，甚至自暴自棄的認定，自己不可能有甚麼大
作為。

　　你沒有試過，怎麼知道自己不會成功，你一

味逃避，等於放棄了表現的機會。

〈007情報員〉、〈不可能的任務〉之類的電影為何受歡迎？就是因為主角不畏困難，勇敢接受各種危險的任務，對抗各樣高手，最後解除危機。你不一定要去當情報員，只要在既有的工作領域，接受新的挑戰，去做一件從未做過的事情，帶給你的，說不定就是意料之外的驚喜。

■ 從未寫過兒童故事，竟然有人邀稿。

寫作五十幾年的我，大都以散文、小說為主。直到我罹患癌症，辭職在家，意外接到國語日報編輯的邀約，請我寫兒童故事。天哪！這項挑戰太大了吧！

當時我已經接近中年，怎麼寫得出兒童書？寫的故事孩子會喜歡看嗎？考慮期間，我想到一

雙兒女剛好小五、小六，我可以用他們的生活故
事為藍本，請他們做我的第一個讀者，給我意
見，說不定可以開創新的書寫格局。

於是，我勇敢接受這項書寫兒童故事的挑
戰，創作了我的第一個兒童故事《小龍的週
記》，並請兒子畫插圖。未料，竟然受到大人小
孩的歡迎，甚至又接續寫了小龍的國中及高中
生活故事《長得不帥也是龍》、《小龍心情寫
真》。這麼一路寫下來，至今，寫了將近40本童
書。

因為我當初勇於挑戰全新創作類型，所以開
展我書寫少兒故事的另一項領域。

▌即使挑戰像歌利亞般巨大，也要勇敢向前。

我們從離開媽媽子宮來到這個世界開始，就

不斷在做我們以前沒做過的事，所以，我們早就經歷過許多新的挑戰。無論挑戰來自哪兒，你擔心不會做嗎？去學啊！害怕做不好嗎？熟能生巧啊！唯恐嘗到敗績嗎？最壞的結果就是失敗，可是也有可能成功啊！況且，失敗也是一種成就，讓你下次知道如何避免犯錯。

「患難生忍耐，忍耐生老練，老練生盼望。」（羅馬書5：3-4）想想看，少年大衛面對巨人歌利亞時，他只有牧羊時面對野獸的經驗，他卻不曾怯懦，勇敢挑戰歌利亞，這段故事自此成為經典。

無論我們的挑戰是否比歌利亞巨大，只要抱定決心，一旦機會來臨，就勇敢去嘗試，激發出你的潛力，別讓才華在冷宮睡大覺，這樣才可能拓展更寬廣的道路。

只要我們願意接受新的挑戰，上帝才有機會

動工，帶領我們跨越困難。

低谷天光

任何事情起頭難，當你決定去做一件從未做過的事情，無論前面是滔滔江水，或是狂風暴雨，只要勇敢踏出第一步，忍過一時風雨，你會發現，多幾次面對困難，你解決困難的能力就會提升，甚至完成了不可能的任務。

人生角色何其多，一次演好一個。

身處這個充滿競爭的時代，你會不會常常覺得力不從心、身累心累，無論你付出多少心力去耕耘，有時候卻是零收穫。

你怎麼辦？繼續燃燒自己，把自己燒乾了，力竭了，笑不出來了，整個人如墜充滿尖刺的深谷中，體無完膚，無以為繼。

人生在世，我們要扮演的角色很多，家庭婚姻中，子女情人夫妻父母爺奶的角色輪番做；職場生涯中，部屬主管或老闆換著做…，都很努力認真，卻得不到報償。更慘的是，爸媽嫌你給的

孝敬金太少，兒女嫌你陪伴的時間不足，情人或伴侶嫌棄你愛他愛得不夠…，反正你怎麼做，大家都不滿意，讓你很沒有成就感，當然也開心不起來。

■ 八件事等著完成，快要壓垮我。

自從開放觀光以來，我就迷上旅行，上班時除了要請假，還要在出發前把工作都做完，旅行回來以後，又一堆公事堆在辦公桌上等著我，連加幾天班，累得半死，把旅行時的好心情也消耗光了。

終於辭掉工作，可以海闊天空後，出國旅行愛玩幾天就玩幾天，回國也不必看老闆臉色。

沒想到，沒上班的我更忙。有次出國前一天，有八件事要及時完成，包括稿件、教會社區

活動的企劃書、文稿校對、錄製節目…，我又要準備出國旅行資料，壓力好大，血壓衝高，食慾不振，算算時間，即使不睡覺，我也不可能全部完成。

這時，我做了一個決定，採用刪去法，把最重要最必須完成的事情挑出來，其餘的事，我一一打電話給負責人，請問是否可以延期？結果，我只做完其中三件事，也讀完出國資料，甚至出發前好好睡了一覺。

原來，懂得選擇與過濾，才能讓我們以愉快的心情接受成果。

▋選擇最有成就感的角色，盡心盡力完成。

當學生時都有類似經驗，每個科目都努力學習研讀，可是考出來的成績卻各有高低，有些甚

至差得無比。這跟你是否具有某種資質，或是你擅長的科目有關，與其耗盡心力，倒不如多花時間在自己擅長的科目，最後考學校若以總分計算，你依然可以進入想念的學校。

「我們成了一台戲，給世人和天使觀看。」（哥林多前書4:9）在這台戲的許多角色中，你要仔細評估，如果陪伴父母卻落得各樣嫌棄不滿，陪伴兒女，他們卻露出天真愉快的笑容，那你就多陪陪兒女，你也會更開心。你若發現整天埋首工作，各樣加班，薪水沒增多少，卻惹了一身病，配偶也諸多不滿，甚至婚姻也岌岌可危，你就應該拒絕加班，把時間用來跟配偶看場電影、散散步。要知道，有一天我們會從職場退休，婚姻中的伴侶卻陪伴我們到老。

與其累得半死，甚麼都做不好，還不如專注一樣，努力做好。

低谷天光

人生舞台中的各種角色中，到底要怎麼演？你難道要把龍套、配角、主角全抓在手裡？甚至還想要身兼編劇、導演、製片？最後只會顧此失彼。想清楚你的角色是甚麼？專心演一齣戲吧！發揮了演技，也留給人深刻印象。

別被阿諛奉承所惑，
忘了自己是誰！

　　我們努力表現，免不了想要贏得讚美，就好像我們在社交網站上貼文、登照片，希望很多人按讚，甚至為了得不到「讚」變得焦慮不安。

　　即使別人根本沒看你的貼文內容，只是隨興地按讚，我們還是很在乎「讚」的累積數量。

　　我們為甚麼渴望讚美呢？因為教育專家都勸父母要多給孩子讚美，孩子受到鼓勵，就會表現更好。或是，我們覺得受到讚美就表示我們很優秀。然而，如果是虛偽的讚美，或阿諛奉承，我們卻信以為真，反而得到反效果。

▌經過包裝的讚美，讓我們忘了自己。

有位年輕人，原本是位船員，薪水收入不錯，足夠他存結婚基金。但因為家庭因素，只好在陸地上找工作。

他起初開計程車，因為待人和氣，生意很好，有回乘客跟他說，「你長得這麼帥，開計程車委屈了。」於是，他立刻賣掉計程車，到公司應徵工作，因為缺乏經驗，只能擔任警衛。

當了一陣子警衛，公司客戶說，「你口才這麼好，應該去跑業務，收入比較高。」跑業務應酬認識了餐廳老闆，聽說餐飲業利潤很高，加上他手藝不錯，於是頂了小店面賣港式料理，生意竟然給他做起來了。顧客又說，他那麼能幹，應該擴充店面，他果然把隔壁租下來，又另請了廚師，結果營收付了薪水和房租，所賺的錢卻不比

過去多。

之後，他又換了好幾種工作，都做不久，直到五十多歲，依然一事無成，而且負債累累。

其實，他曾從事的每項職業，都有不錯的表現，如果繼續做下去，也能有好的發展，但是，就是聽信別人摻了水分的「讚美」，沒看清真實的自己，結果一敗塗地。

▌認清讚美的本質，分辨真假。

近年來，古物鑑定變成一門顯學，骨董市場也吸引了很多人，就怕花大錢買來贗品或假貨，得不償失。

不懂分辨真假，損失金錢事小，損失我們自己的人生，事情就嚴重了。

常常在舞台上演出的人更是體會深刻，掌聲

響起、票房開紅盤，開心一下就好，因為掌聲消失後，要迎接的又是另一場挑戰。

　　了解自己幾斤幾兩重，到底擁有多少才華，才是首要之務。任何讚美，即使是真的，也不要陷溺其中，忘了繼續前進。

低谷天光

「務要謹守、警醒。因為你們的仇敵魔鬼，如同吼叫的獅子，遍地遊行，尋找可吞吃的人。」（彼得前書5：8）每個人都有自己的罩門，敵人知道如何擊倒你，所以面對虛假的讚美奉承，務要懂得分辨真偽，不要著了別人的道。

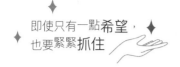

掌握難得的機會，
讓弱點變強項。

　　如果有可能許願，你是否會希望自己擁有俊美容貌、標準身高和體重及三圍等外在條件，或是經濟條件理想、家世背景殷實、學歷經歷傲人…等等，為你的人生加分，讓你無往不利。問題是，這幾乎是不可能的幻想。

　　換個角度去想，如果你先天條件不佳，你就要放棄努力了嗎？你就認定自己一事無成了嗎？如果有機會遇到貴人、難能可貴的機會，你會不顧一切付出代價，努力脫困嗎？還是自暴自棄，認為你註定一事無成，平凡庸碌過一生？

▌關鍵時刻關鍵決定，讓弱點變強項。

2022年的世界盃足球賽，阿根廷獲得睽違已久的冠軍，有個畫面深深印入球迷的腦海，那就是阿根廷足球名將梅西跟其他幾位傑出球員上台領獎，明顯看來，梅西的身高並不高，以外形來說，毫不出色。但是梅西卻是全世界唯一一位贏得個人獎和團體獎大滿貫的足球員。

要知道，1987年出生於阿根廷的梅西，差點跟足球失之交臂。梅西自幼受外婆影響愛上足球，雖然如願加入球隊，但是教練認為他個子瘦小，拒絕派他上場。經過外婆力爭，好不容易才有機會上場，並且踢進球。

家人以為好運將要降臨梅西，未料，梅西11歲時，被診斷出缺乏生長荷爾蒙，也就是得了垂體性侏儒症，當時他是全班最矮，只有127

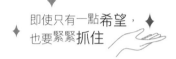
公分。如果不治療，梅西的身高將會停在140公分。

　　這簡直就是晴天霹靂，等於提早宣判梅西足球生涯的死刑。高昂的醫療費用是梅西家和球會都無法負擔的，看中他的球探也紛紛放棄。這時，唯有來自西班牙巴塞隆納的球探覺得梅西是可靠之才，願意負擔醫療費，條件是梅西全家都要搬去西班牙。

　　對梅西和家人來說，離鄉背井是一個重大的決定，影響深遠，可是，家人們卻在關鍵時刻力挺梅西，舉家搬遷，梅西則加入巴塞隆納青年隊。經過治療的梅西身高來到169公分，而寡言少語的梅西，也在不斷的努力下，不負所望，終於在足壇嶄露頭角。為了報答知遇之恩，梅西效力巴塞隆納俱樂部長達21年。

　　直到2005年，梅西開始代表阿根廷出戰世界

盃，從此橫掃各大獎項。更珍貴的是，梅西極度愛惜羽毛，他更是一個愛家愛老婆愛孩子的好男人。

■ 少時雖無光采，長大後卻光芒四射。

有些經驗的確奇妙，我曾經為了效法父親，報考軍校，卻因為身高一公分之差，無緣報名。但是若干年後，我卻有機會走入軍校，站在許多軍人面前演講，感覺上，我好像也成了他們的一份子。

我也認識不少身高不到160公分的男生，不到150公分的女生，但是他們卻因為其他方面，例如口才、行銷、電腦或寫作等表現優異，在社會上佔了一席之地。

無論你是在學歷、外貌、家世、財富等遠不

如人，都先要克服自卑心理，這樣，在關鍵時
刻，你就能掌握機會，發揮你的長才，脫穎而
出，讓大家在看似陰暗的角落裡，發現你的光
芒。

低谷天光

我們這樣的生命，應該顯出甚麼樣的價
值，才不虛度此生？「萬事都互相效力，
叫愛神的人得益處。」（羅馬書8：28）
看起來毫無用處的我們，往往能在關鍵時
刻派上用場，顯現出特殊的功效。

任何年齡都可以
實現你未圓的夢想。

人生免不了會有遺憾，不時縈繞你心頭，想著，就擱下吧！根本不可能再去圓夢。

的確，年輕時，我們曾經有許多事情要做，許多夢想要完成，卻因為時間不夠、經濟壓力、家庭背景欠佳，或當初不夠努力，錯放許多機會…等各種原因，停了下來。還以為這一生就這樣帶著遺憾離世，偏偏，未完成的夢想卻不時從腦海裡冒出來。

無論你現在幾歲，挖出這些夢想，只要你去做，依然可能圓夢。例如學油畫、學爵士鼓、學

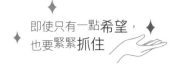
化妝、學法式甜點、騎重機環島、開一場個人演唱會、出版一本書、甚至去念研究所。

▌少壯不努力，老大拒傷悲。

雖然我中學念的是北一女，當年的最高學府，可是，我迷戀小說、狂交筆友，唯獨對讀書、考試沒興趣，考大學慘遭滑鐵盧，勉強考入倒數第二志願的銘傳商文科。雖然畢業後進了雜誌社擔任編輯，從事我喜愛的文字工作，可是沒念大學、沒戴上方帽子的遺憾，卻讓我惴惴不安。

幾次下決心插班大學，卻因為罹患癌症、兒女求學不順、工作忙碌…等原因打消念頭，終於兒女紛紛成家立業，想考研究所時，媳婦又懷了三胞胎，安胎、早產…等必須花費我許多心力照

顧，只好告訴自己，別做夢了，一把年紀了，算了。

70歲那年，我決定送給自己一份生日大禮，又擔心考不上，到時太丟臉，瞞著幾乎所有親友（只讓丈夫和兒女及為我代禱的杜哥知曉)，報考台東大學的兒童文學所，口試教授認為我年紀雖大，還有發展空間，錄取了我這位兒文所有史以來年紀最大的研究生。

花費兩年時間，我繳出每個研習科目的報告，完成了畢業作品（包括4萬字的創作計畫以及7萬多字的少兒小說《迷寶花園》），順利畢業，取得兒童文學所的碩士學位，如願戴上了遲來50年的方帽子。

夢的缺憾總有機會補上，只看我們是否採取行動去圓滿它。

■ 任何年齡都可以畫出彩虹人生

　　台中南屯的彩虹眷村，是由6棟小平房組成，遠近馳名。當1924年出生的彩虹爺爺黃永阜，在他84歲那年在小村的牆壁上用彩筆塗鴉後，自此吸引世界各國遊客紛紛朝聖，每年有超過百萬的遊客到此一遊，甚至有人讚譽黃永阜是台灣的宮崎駿。

　　這是個無心插柳的故事，2008年時，因為都市更新，屬於違建戶的彩虹眷村，面對拆除的命運。住戶之一的黃永阜，就在老屋的牆壁、地面及窗門間，把心裡的記憶，用彩筆塗抹成一幅幅生動別緻的畫作。

　　這些充滿童趣的彩虹塗鴉，引起附近學校的師生注意，發起搶救彩虹村行動，遂保留了下來，2014年開放參觀。

當年的隨心之筆，成就了台中最美的景點，也因為老來塗鴉，讓黃爺爺愈活愈健康。

任何藉口都不是你停止圓夢的理由，你除了可以實現以前的夢想，也可以在退休以後，以自己的專長讓人生夕陽繼續嬌豔，更可以擔任志工，去關懷去幫助需要的人，讓生命燃燒到最後一刻。

低谷天光

「要擴張你帳幕之地，張大你居所的幔子，不要限止。」（以賽亞書54:2）當我們畫地自限，我們就限制了自己的生命廣度，年齡絕不是我們實現夢想的阻礙，家世也不是我們拒絕冒險的藉口。

人心難測，
討好上帝勝過討好人。

　　小時候，我們按照自己的本性發展，率性而為，漸漸的，透過觀察體會，你發現某些行為表現，最容易贏得掌聲及注目，甚至你也了解，哪些行為最不討人喜歡。你會怎麼做呢？

　　有些人就像聚光燈，總是能夠吸引人，受到極大歡迎，你羨慕得不得了。你也希望討好所有的人，贏得所有人的喜歡，但是事與願違，無論你怎麼用心、努力，竭盡心力幫助人、討好人，卻無法做到人緣百分百，總是有人批評你、攻擊你，讓你十分挫敗，甚至開始討厭起自己來。

你徹底迷失了，不明白到底出了甚麼問題？
是你努力不夠，還是用錯了方法？

想要贏得好感，卻傷痕累累。

唇音樂家李育倫就有類似經驗。他小學轉學
時，進入新班級，面對陌生的同學，他內心渴望
贏得大家好感。

當機會來臨，他自告奮勇上台表演拿手的口
哨，他覺得自己吹得很不錯，怎麼也沒想到，同
學一點不給他面子，還譏笑他。更誇張的是，竟
然有同學認為他的口哨聲很想尿尿的噓噓聲，舉
手跟老師說，「老師，我想上廁所。」

這對李育倫是莫大的羞辱，他從此不再吹口
哨。

若干年後，李育倫才漸漸克服心理障礙，明

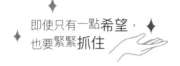

白自己不可能討好所有人，並且徹底明白，吹口
哨是上帝給他的禮物，他應該看重自己的口哨才
華。當他努力練習後，成為唇音樂家，不但站上
國家音樂廳的舞台表演口哨，甚至到中國、澳洲
各地演出。

▌不可能讓所有人都喜歡你

我們費盡心思討好別人，結果若不如預期，
很可能傷到自尊，從此變得退縮。要知道，我們
不可能讓所有人喜歡，全世界也沒有一個人可以
做到這一點。偏偏我們卻妄想大家都喜歡，所
以，只要一個否定的眼神，就會直接擊垮你，讓
你覺得自己甚麼都不是。

想要贏得別人喜歡，多半是沒有自信，需要
別人的肯定，在別人的掌聲下過活，失去了掌

聲，也就失去了自己。我曾經近身觀察一個很受歡迎的朋友的言行，甚至有樣學樣，卻發現效果不大。結果，我非但把自己搞得身心俱疲，而且幾乎不認識自己。

我不斷問上帝，我那麼愛朋友，熱心助人，甚至承接許多別人不做的事情，為甚麼還是有人不滿意我？幾乎情緒崩潰之際，我突然體悟到，為甚麼要為人們的眼光而活？我能討好所有人嗎？

世上人千百種，有的人見不得別人好，有的人跟我們的理念想法不同，他不喜歡我們，不代表我們就是個差勁的人，快樂做自己吧！

我們不必自卑，每個人都有自己的優點、長處，把它找出來，好好發揮，幹嘛一定要學別人，或是勉強自己迎合別人呢！要知道，你就是獨一無二的你。

　　當我開始轉向上帝，以上帝的標準來檢視自己，我反而覺得釋放。偶而不滿意自己，或是表現不得體，甚至不小心說錯話，我會問上帝，我這樣對嗎？如果錯了，請祢原諒我。

　　的確，只要我們行事為人都是由心而發，問「神」無愧，不需要討好所有的人。

低谷天光

　　「無論做甚麼，都要從心裡做，像是給主做的，不是給人做的。」（歌羅西書3：23）上帝的標準不會改變，如此看來，討好上帝反而比較容易，因為人心瞬息萬變，甚至有時候還對我們不懷好意啊！

即使只有一點希望
也要緊緊抓住

收穫比不上耕耘，
那就努力改善現況。

　　自幼學習的成語無數，給了我們不少砥礪，印象最深刻的就是「有志者事竟成」、「一分耕耘一分收獲」，我們就認定了，只要努力耕耘，就會有收穫。

　　你是不是也這樣想呢？可是，當我們發現無論多麼努力，都得不到預期的效果，例如拚命用功卻考不上好學校，認真工作卻升不了官，友善關懷別人卻無動於衷，甚至隨著時日過去，情況愈來愈糟糕，我們還要繼續耕耘嗎？

　　的確，有些成語可能帶給我們錯誤印象，但

也可能是我們理解不夠透徹，或是想法走偏了，要知道，任何事情都有意外。

無法得到預期的收穫，還要耕耘嗎？

過去寫稿大都使用稿紙，每頁稿紙有無數的空格，好像一畝畝的田地，所以，有人形容寫作為「爬格子」、「筆耕」，我們在每個格子裡填上字，就是一種文字的耕耘。

我寫作五十多年，筆耕的田地不計其數，也出版了一百多本書，但只得過一些小獎，少數幾本書銷量超過萬本。尤其近幾年出版業不景氣，新書甚至連初版都賣不掉，加上報紙副刊縮編，幾乎很難有發表作品的機會。

期間，無論我多麼認真、廢寢忘食，非但不是暢銷作家，寫小說及童書居多的我，也沒有專

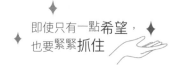
家學者肯定我的作品，更遑論有甚麼文壇地位。

　　許多跟我同輩的作家，包括暢銷的、得大獎的、知名度高的…，早就停筆不再耕耘，我依然持續寫作。因為除了我熱愛寫作，還能藉著書寫抒發心情，更重要的是，即使我不是知名的暢銷作家，只要確定這是上帝感動我去書寫的題材，也有讀者因為我的文章獲益，我收穫的雖不是版稅，卻是讀者被改變的美好心靈，我就覺得很開心，願意繼續寫下去。

■ 種下了玫瑰，收穫的卻是殘枝敗葉？

　　喜歡玫瑰的你，用盡心思、讀盡各種園藝栽培書籍，卻在一場突如其來的狂風暴雨後，晨起只見滿園的殘枝，打落的花瓣沾滿泥土，你的心幾乎要碎了。你會從此不再喜歡玫瑰、不喝玫瑰

花茶、不用有玫瑰香味的沐浴精嗎？

　　面對大自然的各種破壞力量，種豆不一定得到豐滿好豆，說不定採收的是被蟲咬的豆、瘦小的豆、乾癟的豆。那怎麼辦呢？

■ 最重要的是改變觀念、調整做法。

　　首要找出失敗的原因，例如種子的品質不良、你把種子撒在石頭上、種在貧瘠的土壤裡，附近農家撒的農藥飄了過來…，當然收穫不佳。只要發現錯誤，調整策略，下次耕耘的成果就可能改善。

　　如同愛上一個不愛你的人，即使你付出再多的愛，也無法捂熱他那顆石頭的心，他更不可能愛上你。你就該去找一個愛你的人，你的愛才能獲得回應啊！

　　「我們行善，不可喪志，若不灰心，到了時候，就要收成。」（加拉太書6：9）所以，即使收穫不如耕耘，讓你損失不少成本，卻不要消極放棄，我們只要改變做法，照樣可以繼續用心用力耕耘，下一次收穫就輪到你了。

低谷天光

想想看，甚麼事情是你付出最多，卻收穫最少的？要不要調整一下做法，說不定收穫就增加了。即使收穫不理想，不妨改變一下想法，你付出時的各種體驗，也算另一種收穫啊！

垃圾斷捨離，
別讓它汙染身心靈。

　　無論選擇哪一處地點，作為垃圾掩埋場，剛開始，它是一片空地，隨著一車車的垃圾運來、堆積，漸漸形成一座垃圾山，傳出異味，汙染環境，若有新大樓蓋在附近，絕對賣不出去。

　　你或你的家人是否也有類似的囤物癖？甚麼物品都捨不得丟棄，破損的電腦桌、斷了腳的椅子、歪斜的落地衣架、過時的衣物、骨董梳妝台、過期的雜誌、待剪貼的報紙、學生時代的課本、大大小小的購物袋…，所有不需要、不堪用、折舊的物品，不斷地堆放在你家，不但影響

走動空間，也污染了住家品質。

這些廢棄物如果堆積在我們的心裡，情況會變得更嚴重，影響的不只是生活，還有心靈。

從一個垃圾袋開始，變成垃圾山。

我家附近有個小公園，是許多老人聊天、小孩嬉戲的所在。突然，這個形同小樂園的所在，成為大家卻步的地方。

主要的是，有人趁著黑夜，把垃圾袋順手扔在公園口，接著，出現了第二個、第三個垃圾袋，里長貼了告示、清潔隊也來清理，可是，說也奇怪，這個地點彷彿沾染了垃圾味，不斷吸引垃圾袋的聚集，到最後堆積了上百個。

因為不是清潔隊收集垃圾的固定地點，所以，根本無人處理，加上天氣炎熱，臭不可聞，

大家只好繞道而行，附近的一樓店家遭到波及，房子也都賣不出去。

　　這事情過了半年多，突然出現轉機，有位先生借來三輪車，將這些發臭的垃圾袋分批載走，把汙染的地面清洗乾淨，然後他每天不分晝夜坐鎮、監督、阻止並勸導大家不要丟垃圾。

　　一天、兩天，五天、一星期…，說也奇怪，再也沒人來丟垃圾，即使偶而有一兩袋，也被及時勸阻，就這樣，公園口的垃圾袋從此絕跡。

　　可見得只要願意動手清除，再多的垃圾也能被移走，還你一個清潔環境。

▌心靈的垃圾更要清除

　　除了生活中的廢棄物需要整理，該捐贈的、丟棄的、回收的，一旦沒有了使用價值，就要清

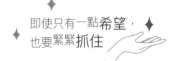

理乾淨，生活空間自然加大了，變得可以自在呼吸。

此外，我們也有很多東西，堆積在記憶裡、腦海裡、心版上，例如：爸媽的偏心、同學的毒舌、老闆的解聘、愛情的背叛、失業又失去健康…，多年來，你只記得這些不幸、不悅、不堪，埋怨又抱怨上帝不愛你、拋棄你，讓這些垃圾攻佔你的心頭堡。

因為塞滿這些負面記憶，你忘了曾經鼓勵你的師長、陪伴你開夜車的室友、撿到你包包的司機、開刀割除你的腫瘤的醫生…，還有為了你我的罪，被釘死在十字架上的耶穌。

「若有人在基督裡，他就是新造的人，舊事已過，都變成新的了。」舊事就是這些悲情悲傷悲痛的陳年往事，趕走苦毒、傷痛等這些毫無價值的垃圾，才有空間讓上帝住進來。我們的生命

就可以被上帝更新，即使身在苦難，心也是快樂的。而我們心裡的房間，就會充滿鳥語花香。

低谷天光

衣櫥裡已經有3年沒穿的衣服是哪一件？你最忘不了的傷痛又是甚麼？把這件衣服送給適合的人，把難忘的傷痛打包，裝進垃圾袋，丟進清潔車。還你一個清爽怡人的生活。

只要有一點希望，
都要緊緊抓住。

　　很多事情，看似沒有希望，我們就會說，算了吧！努力那麼久，都沒成功，放棄吧！再另起爐灶算了。可是，因為已經付出很多心力時間，又捨不得半途丟棄。

　　這時，禁不住別人勸說，你才要堅持一下的心又動搖了，在最後一哩路放棄。結果，本來有希望反敗為勝，卻輸得徹底。

　　當你舉棋不定時，閉上眼感受一下，是否聽到心裡微弱的聲音跟你說，只要跨過這一步，就能看到亮光？就僅僅是一步而已，你為何不再堅

持？

▌西班牙找住宿幾乎要絕望

　　自助旅行找住宿的經驗，我幾乎可以寫成一本書，而在巴塞隆納那次，最是不可思議。

　　當時原已在海邊找到民宿，卻覺得過於簡陋又吵雜，就開往其他街道尋找。

　　不小心駛離市中心，眼見著民宿統統客滿，旅館也愈來愈少，途經一家中國餐廳，特別下車請教，服務生熱心指點巷子裡有家三顆星旅館。

　　正慶幸還剩下兩間雙人房，櫃檯人員卻覺得我們五個人住兩間房，會住得不舒服，堅持不讓我們入住。無計可施之下，只好繼續尋找，連五星級都忍痛詢問，也全都客滿。

　　又餓又累之際，我決定回頭哀求那家三顆星

旅館，大夥勸我不要自討沒趣，根本不可能的。
未料，櫃檯人員見我鍥而不捨，就好心代為詢問
他們經營的另一家四顆星商務旅館。

　　沒想到，不但有空房間，而且，經理特別以
三顆星的價位優惠我們。當我們看到設備齊全的
豪華套房，更是喜出望外，簡直就是天上掉下來
的禮物。

　　為了感謝中國餐廳的熱心指引，我們特別上
門吃大餐以表達謝意。晚餐後當我們離開餐廳，
抬頭望見牆上好大的匾額，寫著龍飛鳳舞四個大
字「神愛世人」，這竟是一家基督徒開的餐廳，
就像是上帝一路派天使引領我們找到住宿，若我
們當初輕易放棄，就收不到這份驚喜了。

▌看似沒有機會，多試一次可能就成功了。

旅行如同人生，可以讓我們學到很多功課，尤其是自助旅行，身處陌生環境，各種挑戰紛至沓來。但也讓我明白，只要有一點點希望，都不要輕易放棄。

當年兒子大學聯考前夕，他自認沒有念完，想要放棄考試。我軟硬兼施，勸他試試看，說不定考試題目他恰好都會做，他才勉為其難赴考場。結果應該陪榜的他，竟然超越實力，考上不錯的大學。

「你在患難之日若膽怯，你的力量就微小。」（箴言24：10）在我們求學、求職、戀愛、完成計畫、登山、跑馬拉松時…，都可能遇見此種膽怯退後的情況，但即使看似前途渺茫，至少還有一丁點希望，何妨放手一搏，堅持到

底，說不定就嘗到成功的甜美果實。

低谷天光

你是否曾經因為放棄而後悔的經歷？你當時為何放棄?為甚麼後悔？通常，你在何種情況下最容易放棄？找出這些當初放棄而失敗的原因，再遇上了，你就努力克服，下一回，就會發生喜出望外的結局喔！

92

不數算人家的惡，
記得他的好。

　　是否有過類似經驗？我們懷抱善良，盡心對人好，只是得罪對方一次，他竟然全盤否定你的付出，你一定覺得很嘔，99次的好，卻被一次的壞抵銷掉。

　　可是，如果對方對我們99次壞，只要有一次好，我們反而記在心裡，想著如何報答他，是不是很奇怪？

▌繼父雖冷漠疏離，卻曾經施以援手。

我的父親早逝，媽媽再婚的對象，也就是我的繼父，他是個嚴肅的人，不苟言笑，理所當然地偏心他的孩子——我的兩個繼妹，為了維護她們，不只一次用難聽的話語羞辱我，所以我跟他的關係非常疏離。

繼父退休後染上重病，行動不便，只能以輪椅代步，他打算回四川老家定居，沿途勢必要有人照顧。妹妹認為我旅遊經驗豐富，想要邀我陪同前往，又擔心遭到拒絕。未料，我知道這事情後，毫不考慮就點頭答應。非但妹妹很意外，繼父也很驚訝我願意同行。但我心裡有數，繼父當年的救命之恩，我從未忘卻。

我念小學時，媽媽管教嚴格，打罵是家常便飯，而且經常控制不了情緒，隨手抓起蒼蠅拍、

竹掃把，就往我身上抽。有天，因為我頂了嘴，媽媽怒火中燒，竟然拿起比手臂還粗的木製門檔，就往我頭上敲，那一棒敲下來，我肯定腦袋開花。繼父見狀，立刻衝過來攔住媽媽，大聲說：「妳這樣會打死小平的。」因為繼父及時阻止，救了我一命。

雖然之後許多年，繼父依然不曾愛我善待我，我卻永遠記得他曾經救過我的恩惠。

▌記得別人的好，勝過數算別人的壞。

與人為善，的確是我們做人處事的標準，可是往往事與願違，無論我們付出多少，別人卻以怨報德，讓我們不由懷疑人生，結果就中了惡人的計謀，向惡靠攏。

我們不只是不要以惡報惡，同時，眾人以為

美的事，要留心去做。正如同失戀了，不去翻舊
情人的帳，不數算他的惡行，而是記住他曾經帶
給我們的美好時光。因為，當我們心中塞滿對人
的怨怒，就會覺得別人虧欠我們，心中懷著恨
怒，善就會離我們遠去。

別人對我們的99次不好，可以忘掉，只要
記住他對我們的一次好，心中的黑暗自然就被驅
離。

低谷天光

在你過去的歲月裡，有誰曾經虧負你？導
致你們的情誼破裂。找到他，主動跟他和
好，謝謝他曾經給你的恩典與美善，不管
他是否接受，至少你心中的纏累就此釋放
卸下了。

雖然你不起眼，
卻能散發獨特的芬芳。

　　學生時代，多少都會結交幾個好朋友。

　　這些好朋友，大都是物以類聚、臭味相投，所以湊在一起。但是，也可能是我們想要跟著月亮走，沾別人的光。或是找到強而有力的靠山，保障自己的安全。

　　所以，我們在校園裡看到各種奇怪的組合，害羞女跟著大姊頭、自卑男追著肌肉男、大帥哥帶著斜視男、性感女領著瘦雞女…，比較弱勢、卑微的那個，就這麼一路渺小下來，在別人的陰影下生活，卻忘了自己也可以偉大，發出屬於自

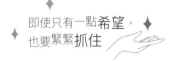

己的光芒。

▌ 外貌不出色，卻釀出世界頂尖玫瑰精油。

保加利亞的玫瑰花非常有名，提煉的玫瑰精油更是世界馳名，為保加利亞賺取許多外匯，被譽為「保加利亞的液體黃金」。

於是，當我踏上保國之後，只要見到玫瑰，我就忍不住舉起相機。尤其是紅豔豔的玫瑰，花朵碩大，顏色濃烈，更是奪人眼球，那一層層的花瓣，酷似豪華的紅禮服，在舞池中翻騰。沒想到，如此嬌豔的大玫瑰卻只是觀賞玫瑰，頂多種在庭園裡美化環境，或是作為切花，貌似強勢又吸睛，卻沒資格提煉精油。

真正用來提煉精油的玫瑰卻貌不驚人，花樹低矮、花朵嬌小，層次又少，顏色更是毫不起眼

的粉紅色，卻在玫瑰山谷裡佔著最重要的位置。它的香氣逼人，最適合提煉做玫瑰精油，大約2000朵玫瑰只能製作1ml的精油，身價驚人的高。

▌生命的價值，和外表的絢麗無關。

由此看來，每個生命的價值，不在於他的外觀是否美麗，內在的品質更重要。

就以我們的外貌來說，嬌艷美麗的女子或是高大俊帥的男子，在人群裡最易成為焦點，引起許多人的追逐與愛慕。但是，容貌達不到高標的人，他們就注定人生黯淡嗎？當你去公司應徵工作時，主考官只看你的外貌嗎？到了適婚年齡，找對象的人也只在乎你的長相嗎？

雖然目光短淺的人也有，然而，真正有眼光的人，重視你的才華；尋找終身伴侶的人，大多

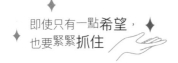
數還是以內在美為擇偶標準。

「人是看外貌；耶和華是看內心。」（撒母耳記上16:7）無論你的家世背景，或身高外型，這些都是你的外包裝，它終會過去，也會衰敗。與其花大錢嘗試各種美容整形，倒不如好好充實自己的內涵，多讀書增加知識，多旅行拓展眼界，多培養美好德行，這才是永不損壞的寶藏。無論容貌如何，只要擁有自己的特色，發揮我們的內在特質，大花小花都能展現生命的美麗。

低谷天光

當你嫌棄自己的外貌時，想一個內在的優點來替代，當你遭到別人批評嫌棄時，就找一個肯定你的朋友來鼓勵你，你就會發現，自己其實擁有不少讓人羨慕的特質呢！

無論相隔多遠，
禱告都可以穿山越嶺。

當我們為某人某事擔憂煩惱，他卻在千里之外，你該怎麼辦？

新冠肺炎疫情爆發之際，每天確診人數數以萬計，去世者也在不斷增加，當時95歲高齡的媽媽非常憂心，衝到我家問我，「怎麼辦？情況那麼嚴重，好多人都陸續感染重症。」

我安慰她說，「操心沒有用，妳現在能做的就是為他們禱告，希望大家平安，早日恢復健康。」

確實如此，遇到突發狀況，或需要我們伸出

101

援手之際，可能我們分身乏術，或是我們人在外地，來不及趕到現場，這時，唯有透過禱告，祈求上帝保佑，掃除我們心裡的牽掛與憂慮。

▋ 即使陌生，卻都舉起禱告的手。

　　我在38歲那年罹患癌症，生活頓時陷入慌亂，加上手術後癒後不佳，住院一個多月，不少朋友來醫院探望我，甚至為我禱告。

　　其中令我印象深刻且難忘的就是好友的母親——夏媽媽，她從未見過我，只是聽好友提到我罹癌，兩個孩子還年幼，她就為我禱告，長達十數年之久。

　　另外，媳婦懷三胞胎時，住院安胎三個多月，其中一個單胞、兩個雙胞，她懷孕24週時，雙胞姊妹罹患輸血症候群，姊姊停止發育、妹妹

萎縮，生命垂危。醫生說，只要撐到單胞弟弟體重達到900克，就可以提前剖腹。前提是，雙胞姊妹要能活下去。

值此生死拔河之際，教會的好友杜哥幫忙在臉書設立「三胞胎禱告網」，我每天分享三胞胎近況，以及代禱事項。無數從未謀面的陌生臉友，紛紛加入代禱行列，陪伴我和家人走過那段煎熬的歲月。之後，媳婦孕期27週5天，三胞胎早產，體重分別為898g、685g、456g，非常嬌小，卻在三組醫護聯手急救後活了下來。這都要謝謝那麼多代禱的人。（感傷的是，妹妹腎臟發育不全，出生15天後回返天家，但她的平安出生，卻帶給兄姊生機。）

▌禱告的力量大到無法想像

禱告，彷彿乘著翅膀的祝福，無遠弗屆，是我們很難想像的威力無窮。如同聖經所言，義人祈禱所發的力量，的確是大有功效的。

當我們覺得快要走不下去、挺不過去時，禱告吧！任何煩憂都可以藉著禱告、祈求和感謝，將我們所要的告訴上帝。同時，當我們安然走過死蔭幽谷，別忘了也為別人禱告。

某個婚變新聞不斷的歲末年終，眾人紛紛往跨年晚會狂奔，觀賞煙火的美麗，我卻看到陰暗處心碎的身影。於是，我特別為在愛情中傷心難過的人禱告。疫情嚴峻時，我為醫護人員、消防人員、救護車、防疫計程車、辛勞的中小學教師禱告。

我更會為了感情世界的渣男渣女禱告。只要

我們停止謾罵，反過來用我們指責、批評的口舌，為他們禱告，是否世上就會少了幾個禍害別人的人，也少了心碎的人。

　　任何事情、任何對象，憑著心裡的感動，都可以為他禱告。一點點的暖光，就可以趕走我們心裡和這個社會的黑暗。

低谷天光　無論任何時刻，若有某個人名突然從腦海跳出來，讓你感到憂心，請立刻停下手邊的事，為他禱告。遇有你討厭的人事物，請暫時擱置你的厭惡，改為為他禱告，讓祝福替代咒詛。

被禁錮在某個空間時，
要懂得善用這段時光。

　　新冠肺炎肆虐全球之際，生命被剝奪最令人心痛，但大家最受不了的卻是被隔離，封閉在某個城市中、禁錮在防疫旅館或獨居的房間裡，甚至待在醫院病房見不到親友。

　　除此，我們多少都會遇到隔離於正常生活之外的時光，例如被父母處罰禁足、違規關禁閉、犯罪坐監牢、限制出境，或是疾病隔離在無菌室，甚至是單純的自我放逐在荒野之境。難以承受的人，心中滿是怨懟，度日如年。但若能反過來去好好運用這樣的時光，受苦反而對你有益

處。

▌遭處罰在家禁閉，卻寫出膾炙人口的書。

薩伏伊公國的貴族薩米耶‧德梅斯特，投身軍旅時，涉入一場決鬥事件，被處罰在家關禁閉42天。薩米耶憤怒到極點，覺得這簡直就是苦刑。後來，他改變心態，把禁閉當作在自己房間裡的一趟旅行，不但因此開啟了敏銳的觀察力、聯想力，他也把自己的觀察心得，寫成一篇篇短文。

撒米耶關禁閉42天，寫了42篇文章，針對自己在房間裡的各種觀察及感受，書寫他的心情，包括床鋪、靈魂、壁畫、寵物、賴床、知己、親人、藏書…等，都是他書寫的對象，因為有足夠的沉澱時間，所以他可以深入內心跟自己對話。

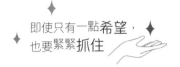
之後，這些短文蒐錄成冊，每篇文章大約2～3頁，全書不過127頁，萬萬沒想到，竟成了暢銷書。時隔230年後的今天，《在自己房間裡的旅行》中文譯本終於問世，恰是新冠肺炎肆虐，不少人困居一隅之際，正好藉著這本書，找到脫離空間桎梏的方法，得到意外收穫。

▌你不是受罪，而是獨享靜謐時光。

撒米耶那個時代，沒有電腦、手機或網路，反而讓腦子有了更多活絡的機會。若換為現代，被關在房間裡的我們，是否只會埋首網路世界呢？

不妨想想看，如果我們必須困居室內，如何善用機會，為我們的生命留下美好的印記？

我曾經罹癌住院一個多月，因為身體狀況不

佳，醫生不准出院，我就利用這段時間關懷跟我病情類似的其他病人。

澎湖監獄成立的「澎鼎寫作班」，是一群受刑人在作家指導下書寫文章，不但抒發了心靈，甚至為了寫出好作品，受刑人大量閱讀，他們的心情故事之後結集出版了《來自邊緣的故事》、《高牆裡的春天》等書。

也有人在服刑期間讀完整本聖經、寫回憶錄；使徒保羅被關在羅馬監獄時，就先後完成了以弗所書、腓立比書、歌羅西書和腓利門書等監獄書信。

「主耶和華說，你們得救在乎歸回安息，你們得力在乎平靜安穩。」（以賽亞書30:15）我們的身體雖被禁錮，心靈卻是自由的，這趟心靈之旅，不必辦簽證護照，更不用花一毛錢旅費，卻可以在學習平靜安穩中，接觸到一個更寬廣的

世界。

低谷天光

試著將自己關在房間裡一整天，不上網、不滑手機、不打電話，就只是觀看你的房間，桌子、椅子、抽屜、書架、紙箱、筆記本、窗台，甚至窗外…，看看你注意到哪些平常所忽略的事物？又帶給你甚麼啟發？

遇到一位好老師，
終生受益無窮。

　　每次到了教師節，都會有許多表揚活動，感謝作育英才的老師們。然而，還有許多老師，雖未接受表揚，卻始終默默的關懷學生，以愛心教導他們，甚至成為影響他們一生的重要人物。

　　當然，所謂的老師，不只是學校的老師，也包括才藝班、特教班、研經班、補習班、小組或團契等的老師或輔導，即使很短時間的相處，只要給過我們指引，或在我們跌倒受傷時，給我們安慰與鼓勵，都算在內。

　　時隔多年，只要想起這些老師，依然感念在

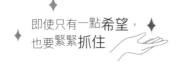
心。如果有機會，希望我們也能成為這樣的老師。

▉ 影響我愛上寫作的小學老師

我念國小二年級時，從鄉下進城裡念書，膽怯又害羞，常被男生欺負。導師崔慶蘭發現我在文字上的才華，不斷給我讚美與肯定，讓我在自己的優點上站立得穩。崔老師特別強調文字的重要，希望我們每天寫日記，磨練文筆，只要寫得好，她就送我們鉛筆、橡皮、刀片等文具，文章甚至可以貼在佈告欄上，那對我真是莫大的肯定與榮譽。

我不但養成每天寫日記的習慣，也藉著閱讀豐富自己，並且愛上寫作。在她教導的無數學生中，只有我走上寫作之路。

　　崔老師當時說，不曾有中國人得過諾貝爾文學獎，不知天高地厚的我，就以此為終生努力的目標。雖然至今我沒有得到諾貝爾獎，卻寫了一百多本書，數千萬的文字，這些文章，間接幫助許多人，而崔老師，等於催生了這許多生命的燦爛花朵。

■ 影響原住民小朋友的外國老師

　　丹尼爾是來自美國密西根的工程師，他40歲時到台灣的交大攻讀電信博士，當他聽說新竹縣尖石鄉石磊國小的原住民孩子找不到英文老師，他竟然自告奮勇，每週一次，去教導全校從幼稚園到小六的五十幾位小朋友的英文。因為山路遙遠，丹尼爾每次都是凌晨三點多出發，騎著單車翻過三座山，歷經艱險，其中還有不少上坡路，

每次都要花上6小時，到達海拔1700公尺的學校。

　　山路偏僻荒涼而且危險，石磊國小創校至今，就有兩位校長上班途中跌落山谷身亡。每趟來回120公里的路程，丹尼爾卻不辭辛苦、不畏風雨、不懼寒冬，連續3年，上山教英文。他秉持著聖經所說「服事最小的弟兄」的心志，無條件付出他的愛，也引領原住民孩子認識了生命的尊貴。

■ 影響全世界老師的老師

　　國際知名的教育家柯美紐斯，1592年出生於摩拉維亞，12歲時父母相繼過世，14歲才有機會讀書，他雖不認同老師呆板無趣的教育方法，但是，他卻緊緊抓住任何學習的機會。

　　成年以後，他陸續擔任過教師、校長、牧師，他的創意教學法好評不斷。飽經戰亂的他，卻也遭受各種攻擊、中傷，甚至三度失去愛妻，可是，他放下這些傷痛，四處奔走，致力於教育改革，希望男孩女孩都有受教育的權利，更提倡全人終生教育，這些想法在四百多年後的今天，仍然適用。

　　他寫過兩百多本關於教育的著作，貢獻給歐洲的教育界，到現在還在影響全世界。更重要的是，他影響了許多老師，而這些老師又影響了許多學生，真正是「桃李滿天下」。

▌做一個有影響力的老師

　　如果你有機會擔任老師，無論是專任、代課或短期訓練課程，即使只是一堂課，你都要盡心

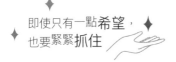

擺上。

不要只關心學生的學習成績，而要關注他們的需要及特長。即使他們遲交作業、跟同學打架、上課常打瞌睡（我就是上課愛打瞌睡）或是繳不出畢業旅費，不要只顧著指責他們，不妨耐心了解其中原因，想辦法幫助他們解決問題。

英國第一位黑人女法官康斯坦絲，年幼受盡媽媽凌辱，自暴自棄之餘，幸好遇到一位高中老師，不斷鼓勵她，讓她擺脫自卑，努力發光。

一生只要遇見一位認真負責的好老師，影響我們、改變我們，那真是我們的福氣。當我們有機會成為老師，更是要把握這美好機會，用愛關照學生。

低谷天光

在你的生命裡，影響你最深的老師，有多久沒去探望他了？記得去看看他，他一定很開心。如果他已經過世了，請把他的感人事蹟寫下來。

同悲傷同歡笑的朋友，
值得一生珍惜。

　　女生的好朋友叫做閨蜜，男生的好朋友叫做麻吉、哥兒們。你們彼此有難同當、有福同享，好東西絕不吝嗇，生活秘密坦然告知。

　　即使相隔遙遠，知道閨蜜遭到患難，就會放下一切事務，在第一時間趕去探望，陪伴照顧她。當麻吉被詐騙巨額資金，你想盡辦法扶持他重新站起來。

　　擁有這樣拿命來換的朋友，即使你走在黑暗裡，也不用擔心找不到光亮。

▌生命寒冷之處，互相幫助。

新疆的高山上，生長著無數的白樺樹，而白樺樹的旁邊，多半會長著一棵松樹，真是奇特的現象，彷彿上帝的特別設計，讓白樺樹和松樹成為一輩子不分離的好朋友。為甚麼會這樣呢？

因為白樺樹屬於闊葉林，喜歡水，而松樹是針葉林，比較耐旱。乾旱時，松樹的根不斷提供水份給白樺樹，而白樺樹的葉子落了、腐爛了，則成為松樹的養分。它們彼此互相幫助，就像是不離不棄的好朋友。

俗稱「情人的眼淚」的樺樹液，具有抗疲勞、抗衰老、消炎、止咳、治氣喘…等的效果。白樺樹也是俄羅斯的國樹，俄羅斯人認為它擁有神奇的力量，在嚴寒的冬天過後，它最先甦醒，就像喚醒萬物的生長一般。樺樹雖比松樹壽命

短，卻在松樹的陪伴下，活出與眾樹不同的生命。

友誼多長多短都值得珍惜

我總以為，好朋友就是相交長久，一生為伴。可惜我學生時代，因為家裡離學校很遠，放學後就要趕回家，沒時間跟同學培養感情，所以好朋友不多。

進入社會後，偶而結識一些好朋友，偏偏他們陸續移民國外，讓我覺得遭到朋友的遺棄。

後來慢慢體會，朋友即使是短暫的陪伴，只要曾經帶給我們溫暖，都值得珍惜、感念。

「與智慧人同行的，必得智慧；和愚昧人作伴的，必受虧損。」（箴言13:20）真正的朋友，就是在我們需要時，陪我們哭陪我們笑，在

我們孤單時與我們同行。所以，我們要多多結交益友，遠離損友啊！

低谷天光

若有好朋友因為誤會久未聯絡，請找到他吧！別讓自己留下遺憾。真正的朋友即使短暫分離，當你們故友相逢，彼此打開心結後，就可重拾往日的情誼。

抓住眨眼即逝的心動，
成為恆久的感動。

　　我們的人生中，總是有些人事物，在我們眼前匆匆掠過，卻未及時掌握住，你以為還有機會遇到，例如愛情、工作、友誼、美景，此生卻再沒有機會相逢，留下的只有遺憾。

　　即使如此，細細回想，還是有些美麗的回憶，雖然短暫，卻足夠此生回味，當我們跌宕在情緒的低潮、人生的低谷中，靠著這段美好經驗，卻能夠激勵我們，溫暖我們冰冷的心。

■ 踏浪的經驗，在流淚谷中成為一縷光。

大學聯考時敬陪末座，讓北一女畢業的我，被屈辱重重包圍，深感無顏見江東父老（暖江邊的村子裡，我是唯一考上北一女的。）躲在一坪大的房間裡，想著乾脆跳樓結束羞恥，又擔心兩層樓摔不死，卻要讓媽媽養殘廢的我一輩子。

就在掙扎之間，我喜歡的男孩按響我家門鈴，邀我去游泳，我幾乎沒有任何遲疑，就點頭答應。擔心被媽媽發現，罵我不知羞恥，閃躲著跑出家門，跟男孩奔向海灘。上帝實在太厲害了，知道此時任何人找我，都無法救我脫離死蔭幽谷，唯獨這個男孩，才能扮演絕地裡的天使。

那時颱風剛過，浪花很高，男孩遂熱心教我踏浪，並告訴我如何掌握訣竅，在適當的時間躍起，才不會被浪花擊落。偶而沒抓好時間點，我

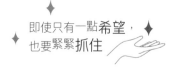
被浪花打落水底，滿頭滿嘴的沙，男孩的手卻始終沒有鬆開，緊緊抓著我。

　　將近一小時的踏浪，男孩的手痠痛不已，我卻學會了戰勝浪花。這時，男孩才說，即使考得不理想，還是去念吧！他沒有貶低嘲笑我，而是鼓勵我，彷彿藉著踏浪告訴我，即使被擊落，還是要重新站起來。於是，我接受了他的建議，進入倒數第二志願的三專就讀，關於自殺的念頭，早就隨著浪花遠去。

　　雖然男孩在24歲時因為意外離開世界，但是那年夏天，他緊握著我手帶我踏浪的美好經驗，卻留在我腦海中不曾散去，甚至在我之後數次的絕境中，成為一次又一次的激勵。而我走上寫作之路，他也是重要的推手呢！

▌剎那心動，成就永恆的感動。

你有過剎那的心動，因為即時掌握，而留下美好的經驗嗎？這段經驗，也成為你此生難忘的回憶。

有回我路過台東農家販售的水果攤，釋迦簍子邊蹲著一隻小黑貓，彷彿忠心守候釋迦，我即刻捕捉這個動人的畫面，甚至讓我醞釀出第101本著作《釋迦愛上小黑貓》其中一篇的童話故事，這故事滋潤了我，也間接鼓勵了不少孩童。

生命中難免遇到陰暗潮濕的時刻，就好像躺在偌大的機器下，斷層掃描我們的器官，既擔心機器突然壓下，又害怕面對檢查後的結果，更受不了耳機裡轟隆怪異的響聲，長達一小時的檢查，就靠著腦海裡過往的美麗回憶，熬過度過。

即使我們無法美麗一生，只要擁有美好的片

段，就足以陪伴我們度過悲傷歲月。

低谷天光 哪個畫面在你記憶裡久久不散？跟爸爸在海邊散步、朋友救起溺水的你、情人第一次牽手、畢業典禮致答詞…，把他們找出來吧，蒐集成為你的快樂檔案，讓剎那的心動成為永恆。

當你處在黑暗中，
莫像飛蛾撲火找錯光。

　　幼年住在山上，每逢夏夜，大小飛蛾就會出來活動。當我們熄燈睡覺以後，只留下一盞門燈照明，那些飛蛾不斷往門燈衝撞，天亮以後，只見門燈下一堆死去的飛蛾。

　　雖然這是飛蛾的趨光性，但卻因為牠們尋錯光源，平均壽命約有九天的飛蛾，來不及傳宗接代，就提早結束了生命。

　　當我們處在黑暗中，是否也有過尋錯光源的經驗？誤以為溫暖的膀臂，卻成為掠奪你的豺狼，非但脫離不了困境，反而愈陷愈深。

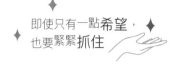
▌燦爛星光慘遭掐滅

有個參加歌唱比賽的女孩，一路過關斬將，頗受好評，很有可能擠入決賽。指導老師特地提醒她，比賽期間千萬不要上網看觀眾的評語，因為總有一些失去理性的網民，說出不理性的話語，甚至惡意攻擊謾罵，如果心理建設不夠強壯，很可能受到影響，而變得患得患失。

可是，女孩卻沉迷於不斷增加的「讚」當中，甚至欲罷不能，每晚睡覺前，總要刷刷手機滿足自己的虛榮心。

某次，女孩表現失常，得分殿後。原先不斷按讚的網民，卻反過來一片罵聲，嫌棄她不會唱歌就不要丟人現眼，甚至叫她滾回老家啃老吧！女孩受不了打擊，幾乎崩潰，就在進入決賽前，因為頂不住壓力，頹然宣布退賽，讓歌壇失去了

一顆原可以閃亮的星星。

▌ 有用的光不會傷了你

　　網路霸凌曾經掠奪不少燦爛的生命，偏偏現代人又少不了網路，只要貼上短文、短片或照片，巴不得大家都來按讚，把希望寄託在別人的肯定上，正如同在幽谷中急於脫離黑暗，誤把野狼的眼睛、敵人的照明，當作引你出谷的光，反而帶來生命的危險。

　　例如缺錢用，去借高利貸；夜裡孤單，掉入虛妄的一夜情；渴望升官，走後門送紅包；完成不了論文，東拼西湊抄襲別人作品…，這就跟飛蛾撲火一般，看似光明，卻是死路一條，債台愈築愈高，身心受損遭遺棄，賄賂抄襲不成吃上官司，毀了自己，反而輸得更徹底。

　　甚麼光才值得追尋呢？「你的話是我腳前的燈，是我路上的光。」（詩篇119:105）當我們處在困境中，上帝的話語，才能夠指引我們正確的道路，讓我們不致走偏方向、靠錯肩膀、找錯援手，上帝更不會貶低我們、欺騙我們、傷害我們，這才是我們要緊緊抓住的光。

低谷天光

你容易受到誰的負面影響？誰的話語會讓你跌倒？誰的行為讓你偏行邪路？請務必遠離這些言語霸凌，拒絕他們帶來的暗黑影響，才能讓你趨亮避暗。

今天虧欠了誰，
今天就要補償他。

　　小時候，常聽到老師說，今日事今日畢，也就是今天的功課今天要寫完。進入職場後，這句話的意義就變成今天的公事要辦完，否則越拖越久，積累一大堆，不是耽誤了重要的業務，就是做起來痛苦加倍。更何況，這些沒完成的事，依然是我們自己的責任，逃都逃不掉。

　　若把這個概念轉到人際關係上，那就是「今天的虧欠，今天要補上。」否則，等我們後悔了，或是警覺到想要彌補，已錯過最佳時機。

▌心裡覺得不安，就要消除不安的原因。

健康因素讓我40歲就辭職在家，成為自由自在的海鷗族，我出國旅行的次數也增加了。

當我看到飛機失事的新聞報導時，不免會想，萬一我也發生這樣的意外，很多話來不及交代，怎麼辦？於是，我決定在出國前寫遺囑，把我心裡想說的話寫下來。

有一回，我遭到別人的惡意抹黑，朋友信以為真，非但跟我保持距離，也不給我解釋的機會。我想，清者自清、濁者自濁，反正上帝都知道，何必浪費唇舌。過不久，我要陪媽媽去日本旅行，出發前，心裡很不平安，擔心自己萬一發生意外，那位誤會我的朋友就永遠不知道真相了，想到這裡，怎麼也睡不著。

於是，我起床坐在書桌前，決定放棄電腦，

親筆寫信給她，把事情始末、前因後果，甚至我的心情感受，一一寫下來，寫了好幾張信紙，我才終於放心去睡覺，一覺到天亮，然後立刻把信寄出去。

那次旅行，我平安歸來，雖然朋友依舊對我不理不睬，但我心中沒有了虧欠。事隔多年，在街上巧遇這位朋友，她不再像過去避而不見、轉身走開，而是跟我笑著打招呼。

▌不讓我的眼淚陪我過夜

我們每天睡覺前，躺在床上，回首這一天，有滿意的、有失落的，也有傷心氣憤的，如果帶著負面情緒入眠，睡覺的品質肯定會受到影響，不是失眠、做惡夢，就是睡得七零八落。何不仔細想想，是否該說的道歉沒有說，該彌補的缺憾

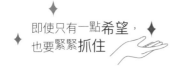

忘了做，甚至答應別人的事情忘得一乾二淨？

聖經上提醒我們，一天的憂慮，一天就夠了，明天還有明天的憂慮。若是不把今天的憂慮解決掉，日積月累的憂慮全擱在心頭，你是否會被壓垮壓壞，變成嚴重的身心症？

當你每天都記得補上當日的虧欠，自然過得心安理得，無虧欠一身輕。

低谷天光

每晚上床前，你會做些甚麼？喝杯牛奶、吃安眠藥、做做伸展操、讀段聖經、跟上帝禱告？無論你習慣做甚麼，都請加上一件事，那就是計算一下自己虧欠別人的事，立刻寫封伊媚兒或line給對方，先致上歉意，再訂下彌補對方的時間或方法。

舉手之勞，
成為別人隨時的幫助。

　　1999年7月29日那天晚上，全台大停電，我正好在佳音電台錄製節目，眼看著大安森林公園四周一片黑暗，只剩下新生南路和建國南路的車燈，帶來偶而的亮光。過不久，街上的車輛也少了，因為大家害怕在這樣的夜晚，貿然上街，會發生不可控的意外。

　　由於電台位在博愛特區附近，所以比其他地區的電力要早恢復，於是，我決定立刻更換已錄好的節目，改做現場叩應。沒想到，我這個決定，帶給許多可以收聽廣播的聽眾一點安慰，他

們不但得以接收到其他地方的消息，而被鐵捲門困居家中的人，說出他們心中的恐懼，也得到來自其他聽眾的幫助。

有時候，我們或許做得不多，只是舉手之勞，卻可以帶給別人徬徨無助時的一點希望。

■ 不打烊的天使處處有

我在佳音電台主持了二十幾年的廣播節目，當初為節目命名時，想了很久，最後定下〈天使不打烊〉的節目名稱，是因為我希望自己像個四處巡遊不打烊的快樂天使，尋找需要愛與陪伴的人。

透過節目，我訪問過許多位宣教士，我這才發現，宣教士們所扮演的，更像是不打烊的天使，在許多偏鄉甚至人跡罕至的地方，傳揚上帝

的愛。

美惠在南非擔任宣教士時，我特地跟幾位教會朋友去探望她，也跟著一起去了她服務的愛滋村，那些愛滋病患身染疾病，乏人照料，美惠就送去了民生用品，並且關懷她的近況。眼看著愛滋病患潰爛的皮膚，我們都擔心地保持安全距離，不敢靠近，可是，美惠卻將她抱在懷裡，為她禱告。當時，我心中的澎拜與感動是難以描述的。

▌給了光的同時也收到光

當我們付出時，別人也在不斷給予。就像我主持節目，看似我帶給別人快樂，其實我也得到許多。

有回我主持現場節目，當時念大學的兒子永

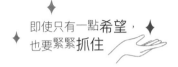
樂當助理，偶而也會和我對談幾句，未料有聽眾
叩應進來，指責永樂的口吃，害她的兒子也學永
樂說話。我正擔憂永樂的心會受傷，沒想到，立
刻有聽眾電話鼓勵安慰永樂，說他表現得很棒，
讓兒子的心得到撫慰。

　　某段時期，我的婚姻走入死巷，找不到出
路，常常獨自面對孤獨的折磨，這時意外收到即
將離開台北回家鄉的聽眾來信，他說自己在台北
服兵役時，幾乎每天收聽我的節目，帶給他很多
幫助，他特地謝謝我，也跟我說再見。這封信真
是來得及時，在我心情如夜一般黑沉時，點亮了
一盞燈。

　　還有一次，那真是難以忘懷的驚險鏡頭。我
在鬧區過馬路時，恐慌症突然發作，站在馬路當
中動彈不得，車子在身邊呼嘯。有位先生問我，
「你怎麼了？是不是不舒服？」我連一句話都說

不出來，只能用眼神跟他求助，他二話不說地抓住我的手臂，領我穿過馬路的車流，保住了我的性命。

「你們的光也當這樣照在人前，叫他們看見你們的好行為。」（馬太福音5:16）從小到大，我們收到過許多這樣的光，指引我們、幫助我們，所以，我們也要努力尋找，誰正處在黑暗困頓中，然後助他一臂之力，帶給他乾旱時的一場及時雨。

低谷天光

想要助人的機會必須自己主動尋找，你可以在line的同學群組中，或是臉書的粉絲專頁，詢問是否有人需要你代禱？即使是陌生人，你也可以為他禱告。或是，用你的專長，去相關機構擔任志工，幫助需要的人。

即使只有一點希望，
也要緊緊抓住

即使只剩一口氣
也要繼續走下去

多走幾步路，
走到不可能的高度。

　　我們或許都聽過，事在人為、有志者事竟成，所以，只要堅持到底，就能達成目標。

　　可是，不是所有事情都靠著堅持才獲取成功，過分勉強或會造成意外損傷，若是順勢而為，反而會有意外的收穫。

▉ 登高不搶先，慢慢走也會有驚喜。

　　旅行北新疆那次，真是嚐盡苦頭，高山一座又一座，即使搭車上山，依然要健行登高，限於

142

體力不足，也擔心高山症，有時我只能被迫放棄。

可是，當我來到被稱為中國瑞士的喀納斯湖風景區，心裡卻有了搖擺，因為綽號「變色湖」的喀納斯湖，四周被森林圍繞，每逢四季變換不同顏色，倒映在湖水裡，美不勝收，但這些美麗，必須登高望遠才看得清楚。

我細細評估一番，走到頂的觀魚亭，總共1068階，海拔大約2000公尺，導遊只給我們兩小時。我決定慢慢走，自己設定每走30階，就休息喘口氣，喝水、拍照、吹風，並預留下山的時間，走多少算多少，即使走不到也沒關係。

居高臨下眺望喀納斯湖，雖看不到「大紅魚」湖怪，但是那彷彿土耳其玉藍的湖水，的確看了令人心醉，忍不住往上走了一段又一段。

每個木製臺階都標示了階數，超過600階

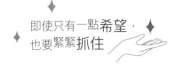

時，我發現時間用不到一半，說不定有機會可以登到最高。當我走走停停之際，我利用每次休息時，主動幫別人拍全家福、個人照、團體照，忙得不亦樂乎，根本忘卻自己爬得幾乎要斷氣這回事。

當我不知不覺走到至高之處的1068階，特地拍照存念。原來，看起來困難的目標，只要按部就班，就有可能實現。

▌沿途好花開，勝於終點的獎盃。

每個人的人生旅途，都會有不同遭遇，有的人登山創造記錄，有的人半路為了救人，放棄自己的目標，也有的人受傷了無以為繼，只能下山。但不管是否登頂，任何長短旅程都是有收穫的，這些零碎的收穫，帶給我們的是人生的另一

種體會與收穫。

　　無論你現在幾歲，後續的人生還有無數的1068，真正的收穫跟高度無關，跟數據無關，而是跟我們的心態有關。

　　只要我們認真看待每一步，我們的每個腳印之後都會開出美麗的花朵。

低谷天光

計算一下，你登頂的高山有幾座？你只走到半途或小部分的山又有多少？除了登山家，應該大都沒有登頂的輝煌紀錄吧！但是，登山所帶給你的經歷或回憶，卻同樣精彩。

即使排在第九棒，
也要抓住好球用力揮棒。

　　想像一下，金字塔尖端的面積所佔的比例是最小的，而社會平凡人，卻如同占了最大面積的金字塔底部，佔了社會最大多數，雖然組成分子不偉大、不醒目，卻依然具有重要性。所以，才會有螞蟻雄兵、聚沙成塔之說。

　　若是我們自認平庸，即使機會在面前，我們也不敢接住別人丟出的這個好球，反而躲得遠遠的，不願意嘗試。這不是很可惜嗎？

▊ 稚齡的北越女孩，雨中兜售繡花包。

北越沙壩的那次旅遊，留給我很深刻的印象。原是陽光普照的山城，突然下起大雨，氣溫驟降，咖啡館裡擠滿避雨的人。我只好走到比較遠的旅館廊下避雨。原本充滿觀光客及小販的廣場，頓時空無一人。

只見兩個約莫10歲的北越女孩，穿過大雨來到旅館走廊，向我附近躲雨的一群遊客推銷刺繡包包，卻遭到拒絕。她們失望地轉身離去，走沒多遠，兩人低頭商量後，回頭試著向我兜售。

雖然這些手工藝品滿街都是，對我毫無吸引力，但我在女孩眼中看到了渴望與熱切，不由心動。

不免想起10歲的我，因為罹患嚴重的肝炎，住院治療，差點死去；女兒10歲那年則面對罹患

癌症的媽媽，擔心自己成為孤兒。雖然10歲的我和10歲的女兒各有困境，但至少我們生活無虞。然而，這兩個10歲的北越女孩，不畏寒冷，冒雨穿梭街頭，只為售出一個價值台幣50元的繡花包。

最後，我除了買下那個繡花包，還多買了一個，因為，我被她們的鍥而不捨打動。當其他賣紀念品的北越女孩幾乎都在躲雨時，她們卻在看似不可能之中尋找機會。

多一點堅持，多一點機會。

有首歌〈平凡之路〉很受歡迎，甚至還有英文翻唱版本，主要的是唱出許多人的心聲。歌詞中寫著，「曾經失落失望失去所有方向，直到看見平凡才是唯一的答案。…向前走，就這麼

走…。」雖然飽受打擊與挫折，至終接受了自己的平凡，但卻不曾停滯不前，而是繼續向前走下去。

「你在患難之日若膽怯，你的力量就微小。」（箴言24：10）很多時候，我們遇險就躲避，不是因為危機多麼巨大驚悚，而是心裡的恐懼讓我們看不清楚前方，眼盲心盲之餘，誤以為前途無路，就選擇了放棄。

正如同一場重要的棒球比賽，眼看著即將輸球，排在第九棒的選手上場打擊，他是想著反正輸定了，自己又不是重要的那一棒，隨便揮揮就好，甚至教練也不看好他；還是，把自己當作關鍵角色，即使是第九棒，也要把握機會，擊出第四棒的水準。說不定，這一棒就擊出了全壘打。

所以，遇到困難不要懷憂喪志，而是鼓起勇氣往前踏步，有路沒路，總要嘗試過後才會知

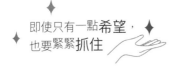
道，即使此方無路，我們也可以另闢蹊徑。

低
谷
天
光

雨天會成為你不出門的藉口嗎？說不定有人正在雨中等待你伸出救援的手；或是，因為你的冒雨赴約，對方深受感動之餘，成就一筆難得的生意。

快喘不過氣來了嗎？
暫停一下再出發。

電腦的鍵盤或是音響的按鍵都有暫停鍵的功能，而一首曲子之中，也會有休止符，他們到底扮演了甚麼功能？為何正在進行的文稿或企劃需要暫停？是讓我們喘口氣，或是暫停後安靜一下，做幾個伸展操，喝杯咖啡，重新整理思考，再繼續往下寫。

這就像我們登山的過程中，覺得疲乏想要休息，或是突起大霧，迷失了方向，必須停下來喘口氣，摸清楚正確的方向。即使我們暫時達不到設定的目標，也不要貿然前進，萬一不小心跌落

山谷，反而失去更多。

▌攀登世界最大岩石，半途踩了剎車。

個性急躁的我，即使旅行，也要趕著每日完成既定的景點或行程，非要值回票價不可。於是，走著走著，我即使覺得疲累不堪，卻還要硬撐到底。

直到我拜訪世界的中心，也就是澳洲中部沙漠所在，去攀登全世界最大的單一岩石－艾亞斯岩後（2019年10月已禁止攀登），我卻在放慢腳步時改變了自己。

因為岩石表面光禿禿，上方也沒有任何遮蔽，太陽出來後，岩石就會曬成一塊鐵板燒，加上岩石陡峭，攀登不易，所以必須天沒亮就開始攀登，才能及時下岩。

　　大清早趕到岩石腳下，我先去上了洗手間。出來後，同行夥伴全都已自行攀登，沒有人等我，我只好急急追趕。但是，幾乎呈直角的岩壁，必須抓緊鍊條才能緩步攀升，愈急愈是滑了腳，無論我如何追趕，都看不到他們的身影。

　　海拔三百多公尺高的岩石，說起來真的不高，但是太陡峭，我又必須算好來回時間，不能在往上爬時就耗盡體力。我詢問已經踏上回程的旅客，離最高點還有多遠？他們都說快了快了，結果又是半小時過去，還沒到。眼看著天要亮了，我明白自己趕不到終點了，心裡沮喪得要命，千里迢迢來到此處多麼不易，難道就要放棄嗎？

　　我說服了自己，人生總有些山是上不去的，有些目的地是達不到的。於是，我停下腳步，選擇一個安全的凹洞，放下沉重背包，靠緊岩壁護

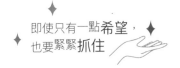

住自己安全，以免風大，一個不小心，就被風吹落，沒曬成肉乾，卻摔成肉餅，豈不悽慘？！

我拿起相機拍攝周邊曠野，放慢了呼吸，然後，翻出筆記本，一陣陣風的吹拂下，在世界的中心，邊欣賞上帝傑作，邊記錄自己的心情。

望著天光漸亮，我開始往下走，即使背包如同來時一般沉重，我也沒登到頂，但是，我的心情卻是輕鬆的。原來，不需要耗費大筆金錢去拜師學習，生命的導師隨時都在我們身邊，指引我們。

▌暫停的時刻，尋找下個階段的節奏。

人生的許多階段，我們都是馬不停蹄，不達目的誓不罷休，卻忘了減速、停步，看看四周、仰望天空，結果在匆忙中，錯過了許多精彩。

龜兔賽跑，兔子輸了，大家嘲笑兔子的驕傲，半途睡著了，你怎麼知道，兔子前一晚是不是照顧生病的媽媽，以致睡眠不足？又怎麼確定，兔子突然腹瀉沒了力量，必須睡一下才能繼續跑？他即使輸給烏龜，可是兔子至少堅持跑到了終點。

如果我們學會緩慢，在緩慢中體會，細細品嘗、思索，找出我們所犯的錯誤，努力修正，那麼，就可能激盪出不同的火花。然後，我們會發現自己的血管，不分粗細，都流動著昂揚的生命力，原本昏昧不明的路途，開始漸漸清晰起來。

「你們要休息，要知道我是上帝。」（詩篇46:10）我們暫停下來，才能聽到上帝的聲音。

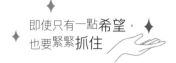
低谷天光

龜兔賽跑的故事大家耳熟能詳，網路上更有教導兔子如何跑贏烏龜的不同版本。問題是，兔子為甚麼一定要跑贏烏龜？當我們累了，休息一下再出發，或是下場比賽再贏回來，不可以嗎？

小小的身軀裡，
藏著出人意外的力量。

　　現代的孩子，有些念到國中還不會搭公車，甚至不敢獨自離家參加營會活動。若是永遠都被父母保護著，怎麼訓練應變力？又怎麼敢去冒險？遇到困難，大概就像蝸牛，只有退縮一途。

　　我小二就從鄉下進城念書，初中就從基隆鄉下到台北念書，直到大學畢業，都是搭火車通勤，每天獨自來去。遇過騙錢、性騷擾、迷路、被跟蹤等，都一一面對、克服。

　　人生免不了各種挑戰，在我們進入新環境時，例如新學校、新職場、新團體等，各種困難

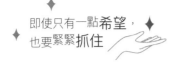

都會紛至沓來，你是正面迎戰，努力結識新朋友，還是逃之夭夭？

▋ 腦麻的孫女，被判定終生無法正常走路。

　　孫女以琳是三胞胎之一的早產兒，出生時只有685g，保溫箱住了三個多月，幾度越過鬼門關，但還是傷到了她的腦部，經由各項精密檢查，醫生判定她是腦性麻痺。她因著眼睛斜視，動了兩次手術，快3歲時，非但坐不穩，也無法自行走路，大部分時間都在地上爬行。

　　醫生建議我們讓她滿3歲時就去幼兒園，當她看到同學們都會走路，或許可以刺激她願意學走路。我們特地去特教中心借了助行器和有扶手的特製座椅，哪知道，她非但拒絕坐特製椅子，也不肯使用助行器，她歪歪扭扭的自己走，走兩

步摔倒了，她立刻爬起來繼續走。體育課時，全班同學繞操場走路，以琳即使又跌又摔，她也堅持跟同學一起走完。

我們帶以琳和同齡弟弟以勒上街，弟弟走路（弟弟出生898g，但坐爬走路都表現正常），她坐娃娃車，她就大聲抗議，「我要像弟弟一樣走路。」堅持讓我們牽著她，一歪一扭的練習走路，往往要花上數倍時間。那以後，只要上街，她就堅持自己學走路，有時候我們沒抓穩，她就摔跌在地，但她從未哭泣，也沒有放棄走路。

直到6歲，要進入小學時，以琳終於學會放手走平路，7歲學會騎三輪腳踏車繞運動場一周，8歲時自行藉著扶手上下樓梯。

醫生當初說過，以琳可能終生都無法像正常人走路。她至今雖然還是會有些走不穩，甚至身軀隨著比較軟弱的左腳而擺動，但已經超乎當初

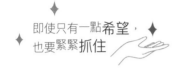

醫生的預期。我特地把她的故事寫在《三胞胎教
我學會愛》這本書之中。

▌生命的堅韌，在遇到挫折時顯現出來。

以琳在母腹中遇到輸血症候群，同胎盤的妹
妹以愛出生15天離開世界，以琳卻出乎意料地活
了下來，一路過關斬將展露出她堅強的生命力。

誰說生命找不到出路？當初我們沒有簽署放
棄急救同意書，給了以琳奮戰的機會，她在無心
跳無呼吸的情況下，被急救了下來。這其中除了
上帝保守，難道沒有她自己的努力嗎？

許多人都比以琳擁有更多的機會、更強健的
體魄，她一個小嬰兒都做得到，你怎麼可能不行
呢？無論遇到甚麼困難，正如同拳擊手，只要站
得穩穩地，困難就無法擊倒我們，即使摔倒了，

我們還是可以再度站起來。如果輕易就放棄，怎麼會看到後面的勝利？

我們還是可以再度站起來。如果輕易就放棄，怎麼會看到後面的勝利？

「惟有忍耐到底的，必然得救。」（馬可福音13：13）如同螞蟻可以背起比牠重幾十倍的東西，走很遠的路回到巢穴。只要我們遇到困難不退縮，身體裡的無數細胞，就會在時機成熟時，集結成功，爆發出無比的能力。

低谷天光

柳暗花明又一村，這句話很熟悉吧！路是人走出來的，除了上帝為我們在曠野中開道路，我們也可以嘗試，去做一件不容易成功的事情，例如上台唱歌、不花錢自助旅行、租一塊地種菜、畫一幅油畫。千萬不要說「我不行」，而是大聲說「可別小看我，我一定努力做到。」

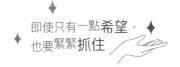
日光下的夜明珠，
不是不夠亮，
而是放錯了地方。

　　大家爭先恐後去做一件事，你也添薪加柴出了一份力量。最後完工了，成績也不錯，可是，若要論功行賞，似乎大家都沾了一點光，卻看不出你有甚麼特殊功勞。

　　或是，老闆交辦某件事情，你很高興自己受到重用，結果費盡心力，勉強完成，老闆卻一點也不滿意，質疑你的能力。你很傷心，覺得自己一無是處。

　　你是否想過，可能你只是放錯了位置，所以

即使身處黑暗，你的光芒卻無法帶來亮度，或是混在一堆光裡，被別人遮住了你的光采。

■ 不是表現不佳，就怕放錯了位置。

近幾年，大陸歌手雨後春筍般竄冒，可是，能夠持續走紅的卻不多，其中光芒四射的歌手周深，剛出道時，差點被淹沒了。

周深個頭不高，只有161公分，有些麥克風比他還高，雖然長相清秀，但是這不足以讓他出人頭地。由於他在青春期並未變聲，依然保持著介於童聲、少年音和女聲之間的音色，這個獨特嗓音讓他不但拿到許多獎項，也得到了大陸最受歡迎的男歌手獎。

他剛開始並不順遂。他求學時差點誤入「歧途」，剛到烏克蘭深造念的是牙醫，一年後才轉

到音樂學院學習美聲唱法。他的歌壇之路也迭遭
亂流，他曾經參加「中國好聲音」歌唱競賽節
目，可惜的是，他融合美聲及流行的獨特唱腔，
並未受到評審肯定，極早遭到淘汰。但他並未因
此一蹶不振。

　　他曾經在歌唱節目中，演唱二次元歌曲「達
拉崩吧」，一個人用了五種音色表現五個角色，
令人嘆為「聽」止，被資深音樂人喻為「一個人
的唱詩班」，此首歌在網路上的點閱率將近三千
萬次（持續增加中）。最重要的是，周深善用自
己的長處，無論是演唱自己的歌曲或是改編他人
歌曲，真假聲轉換怡然自得，歌聲更是可男可
女，表現甚至超越原唱，即使跟歌壇巨星同台演
出，也毫無懼色，在許多歌唱競賽節目中過關斬
將，他的光度在大陸歌壇就此閃亮起來。

　　若不是周深及時修正自己的位置，否則他可

能只是醫海中的小小牙醫，歌壇卻失去了這位撼動人心的巨星。

▌ **在適當的地方，燃起你的光。**

由此看來，我們未發光，不是我們不夠優秀，很可能是我們放錯了位置。

要知道，上帝創造我們，絕不是隨興之作，我們的生命元素裡，隱含著上帝的特殊創意，我們要把屬於自己的這份特色找出來，放在適當的位置，用力努力發揮功用。

正如同船隻若只是停泊在港灣裡，不曾揚帆出海，就完全失去了帆船的功用。

聖經上也提到，我們點燈，不是放在斗底下，而是要放在燈台上，高度足夠，才能照清楚周遭事物。

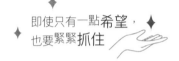

我們無法獲得老闆或主管的肯定，也沒得到重用，很可能是放錯位置，未能好好施展。希望我們都能及時調整，不再是一個被耽誤的絕佳好手，而能在適當的機會，投出一個絕佳好球。

低谷天光

你是否好像日光下的夜明珠？看不到你的光芒。如果把你放到黑暗的地方，例如關懷監獄事工、邊緣少年，你就是一顆陪伴人的夜明珠。若是你曾經走偏路、犯了罪，你用自己的見證激勵人，你也像是暗地裡的夜明珠，喚醒別人的靈魂，帶來生命的改變。

有人伸出援手，
可別錯過這一線生機。

　　我們成長完全靠自己嗎？媽媽哺乳、老師教導、同學陪伴、鄰居照顧…，這些援手滿足了我們的需要，甚至在我們軟弱時不致跌倒。

　　台灣的最高峰是玉山，我當年攀登接近預定的住宿點——排雲山莊時，已經身心俱疲，整個人趴在泥地裡，不想動彈。就在我行將虛脫之際，我看到同伴伸出的手，我咬了咬牙，放下面子，終於握了上去，就這樣被硬拉上土坡。

　　關鍵時刻，我們不需要硬頸，不好意思向人求助，這份助力很可能是我們生命落敗時的救援

投手，可以把我們的敵手三振出局。

▋外婆的癌症奇蹟，在一道門鈴聲後發生。

外婆43歲罹患癌症時已經是末期，醫生表示不樂觀，外公是軍醫，比誰都了解事情的嚴重性。當時四個舅舅尚年幼，小舅更是出生不久，而媽媽的丈夫（我的父親）剛過世，帶著我借住在娘家，外婆牽腸掛肚每個人，她明白這個節骨眼，大家都需要她，可是，她不知道自己還能撐多久？

這時，一位住在附近的老奶奶按響外婆家的門鈴，關心她的病情，還把耶穌介紹給外婆認識，說耶穌是大醫生，只要相信祂，祂可以醫治我們。

外婆想，反正醫院裡的醫生也不抱希望了，

那就死馬當活馬醫，她雖不曉得這位叫耶穌的人有甚麼能耐，她卻點頭相信了。

於是，老奶奶帶著外婆禱告。不久後，外婆奇蹟似的活了下來，而跟她同時住進同間病房的18位癌症病患，相繼過世，外婆之後雖又得過一次癌症，靠著信心又挺了過去。更重要的是，外婆把我們一一帶進教會，她的生命見證更是深深影響許多人，我們祖孫四代因此都成為基督徒。

我也學習老奶奶，用另一種方式關懷癌症病患，那就是把自己及朋友的抗癌經歷寫成《遠離恐怖情人——即使癌症傷了身，心要繼續快樂》這本書，繼續把愛與堅持傳遞下去，希望能成為別人的幫助。

▌ 求援求助並不丟臉

我很喜歡自助旅行，但是關鍵時刻，例如迷路或丟失重要證件，我依然會尋求他助，因此度過許多難關，先後周遊四十餘國後，次次都平安返抵家門。

要知道，無論我們是平民百姓或富可敵國的企業家，即使擁有能力才華，總有自己難以面對的難關，千萬別認為尋求幫助很丟臉，說不定就是這次度過難關，你得以進入生涯的新境界。

「我這困苦人呼求，耶和華便垂聽，救我脫離一切患難。」（詩篇34:6）所以，你除了緊緊把握別人給予的協助，也別忘了求助，更別忘了大聲向上帝呼求。

低谷天光

世界各地的災難愈來愈多，我們身處在搶衛生紙、搶口罩、搶雞蛋、搶疫苗、搶時間、搶生命…的各種困境中，卻忘了最該搶著要的就是耶穌，抓住耶穌伸出的援手，也就抓住了改變我們一生的契機。

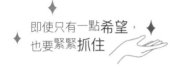

環境再惡劣，
也要在寒夜中綻放美麗。

　　有人天生很能抗壓，無論遇到甚麼困難，他都能迎面向前，努力克服。有人卻選擇逃避，以為只要視而不見，壓力就會自行消失。

　　這當然不可能。

　　梅花愈冷愈開花，豆芽要用石頭壓才長得好…，道理我們都懂，就怕我們不如一朵花、一根小豆芽的拚勁？

　　這正如同未曾嘗試抗敵就投降，如此一來，根本無法測試出你的潛能極限。要知道，最壞的結果就是死路一條，何不拚一拚呢？說不定你就

熬過去了。一味的逃避，反而錯失你為自己謀生
的機會。

▌ 再冷的高山，蒲公英依然綻放美麗。

挪威位在歐洲最北，雖然三面環海，冰河與
海水侵蝕出形貌互異的峽灣，同時，山巒遍佈，
湖泊、森林美如幻境，在旅遊者眼中看來，壯觀
精彩，讓人趨之若鶩。但是，對挪威人來說，可
供耕作的土地少得可憐，除了海產，很多農作物
必須仰仗進口。

但是，挪威人卻不曾放棄自己，寒冷的季
節，他們就在屋子裡發揮創意，設計出許多創意
家具、生活雜物、燈飾等藝術品。

我曾在挪威高山湖畔的草叢裡，親眼目睹迎
著寒風，昂然挺立的蒲公英，開著橙黃色的花，

十分亮眼，而周遭卻看不到其他的花兒。蒲公英沒有厚重的衣衫，也沒有四壁包圍的房屋保護，更沒有熊熊燃起的壁爐取暖，它們那瘦小的身軀，獨自面對冰寒大地。

原來，蒲公英是一種特別的植物，儘管環境惡劣，它依然可以生存。而蒲公英汁也是一種健康食品，雖然其味極苦，既抗寒又能抗風的它，功效甚多，清熱解毒、增食慾、助消化，對人體也有不小的幫助。

■ 羨慕欽佩之餘，你也可以抗壓抗寒。

當廚師、甜點師傅、麵包達人參加國際比賽紛紛獲獎，不少人一窩蜂去學餐飲，結果卻大失所望。

吳宇強18歲時得到亞洲的刀王之王，許多年

輕人羨慕得不得了，如同羨慕吳寶春、江振誠一般。卻不曉得廚師的工作很辛苦，新手月薪才兩萬元左右，必須熬過10年，耐得住廚房的高溫，一再的失敗，經過不斷歷練，同時還要不斷充實自己，甚至遇到賞識你的伯樂，才可能成為大廚，甚至拿到高薪。問題是，許多從餐飲科畢業的年輕人，熬不到那個時候，就忍不住煎熬放棄了。

　　苦，幾乎是成功的必經之路，世上沒有不勞而獲的事情，吃多了苦，也就知道如何化苦澀為甘甜，甚至展現出你獨特的美麗。

低谷天光

你是否遇過生命的極寒之境？讓你幾乎走不下去。從大自然界可以找到許多激勵我們的例子，鮭魚逆流產卵、紫斑蝶越谷、候鳥千里避冬、梅花愈冷愈開花…，動植物的它們都可以熬過惡劣景況，我們難道比不上一朵花、一隻鳥嗎？

除了忘記背後，
還要拚命打通前方道路。

921地震、南亞海嘯、福島核災、新冠肺炎、俄烏戰爭…，這些離我們或近或遠的災難，奪去了不少人的生命財產，而我們生活中的大小風暴，也使我們喪失了親人、愛情或是金錢。

可是，如果一直沉浸在過去的傷痛中，為失去的親友難過痛心，一味的懷念過往，不如想想，接下來我們要怎麼做？即使等到疫情全然消失，極端氣候之下，是否又有其他災難或疫情等待著我們？

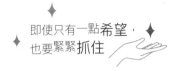
▋ 亞裔小子林書豪掀起的林來瘋

　　從小酷愛籃球運動的林書豪，他的心願是加入美國職籃NBA。這在渴望子女飛黃騰達的華裔家庭中是很少見的，他不但得到父母的支持，也擁有比爸爸哥哥弟弟都高的身高，學業成績更是嚇嚇叫，念的是哈佛，走入華爾街賺取高薪輕而易舉，他卻選擇在高人如林、高手環伺的NBA去闖天下。

　　他所有的優勢在NBA幾乎派不上用場，面對一波三折的籃球路，在眾人眼裡，有些自不量力。果然，即使他在大學各樣籃球賽事擁有傲人的佳績，卻連NBA選秀都沒選上，甚至在發展聯盟幾度浮沉。

　　當他終於有機會加入NBA，他放下學生時代的光環，忘記過去的輝煌，不斷努力操練，比別

人付出更多的心血，隨時準備好自己。以至於當機會來臨，他在尼克對籃網一役，球隊無後衛可派上場之際，坐了許久冷板凳的他，終於可以上場，他展現出所有的絕活，全場獨得25分、7助攻、5籃板、2抄截，跌破許多人眼鏡。

接下來，他更是帶領尼克隊連續贏得7場的勝利，全球隨即颳起了「林來瘋」，許多人守在電視機前就為了欣賞他的比賽，許多商品的代言湧向他，他卻並未因此驕傲，仍然繼續苦練，迎接前頭的每一場挑戰。

每一場球賽中，他不會為了前面的失球就垂頭喪氣，也不會因著一記絕殺的三分球而不可一世，他深深體會到，比賽不斷往前進行，他就要讓心態隨著比賽的節奏走，絕不能停下來傷心或興奮。

雖然林書豪後來因為受傷影響比賽，在不同

球隊之間輾轉，昔日的「林來瘋」也成為過去，甚至更糟的是，無法繼續留在NBA。他也沒有沮喪太久，繼續尋找機會，到中國打了一陣子，又來到台灣加入職業籃球隊。誰都不曉得他的未來如何，但是，他始終抱持著「努力面前」的態度。

■ **過去的失敗或光榮，都不要牢記心上。**

參加過比賽或演出的人，對此體會最深刻，無論是成功或失敗，表現驚人或黯淡，當比賽或表演結束，掌聲再熱烈、噓聲再刺耳，都已經成為過去。這正是提醒我們，懷念過去的榮光，或沉浸過去的失敗，都無法帶給我們下一場的勝利，所有的經驗都不會再複製，我們唯一能做的就是努力面前。

曾有一位熱愛音樂的年輕人，當他在18歲獲得音樂獎項後，變得患得患失，擔心自己無法超越過去的成績，又怕創作的樂曲被人嘲笑，結果，他再也寫不出一首曲子，這是多麼可惜啊！

「忘記背後，努力面前，向著標竿直跑。」（腓立比書3:13-14）既然過去無法用現在來覆蓋或重寫，所以，只是忘記過去、確立標竿還不夠，必須為未來付出實質的努力。

生命歷程中，我們都可能經歷失去的青春、愛情、理想、健康或親情，為此傷心難過、欲振乏力。與其在悔恨中淚流滿面，不如擦乾眼淚，迎向風雨，即使暫時等不到陽光，卻可以為成就另一番燦爛而蓄積能量。

低谷天光

挑選一件曾經失敗過的事情，例如演講失利、賽跑跌倒、業績殿後、考試落榜，重新整頓並調整自己，從頭再來一次，看看結果如何？即使再度失敗，至少你學會往前走，在前方等著你的機會，說不定很快就跟你相遇。

即使嘲笑聲隆隆，
你也要堅持完成夢想。

當我們檢討過去，發現自己做了許多計畫，卻沒有成功，往往半途而廢，原因很多，例如：遭人嘲笑、困難重重、不斷失敗、幾乎破產…，結果，很可能只差一哩路，離目標已經很接近，你卻放棄了，所以，你永遠沒機會看到夢想實現。

▍幾乎散盡家財，依然不願意放棄。

日本有位木村阿公，就是堅持到底的最佳代

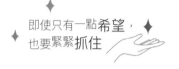

表。

　　他花費將近30年，研究栽培無農藥、無肥料的有機蘋果，即使他賠光老本、家人生活無以為繼，甚至遭到鄰居嘲笑，幾乎走投無路之際，雖然曾經想要放棄，卻還是想再試試看，就在他試過無數方法時，終於種出了香甜可口的「奇蹟蘋果」。

　　他的故事寫出來百來字，他那漫長的堅持，卻激勵了許多想要放棄自己的人。

■ 只差一點點，為甚麼不再堅持一下？

　　你是否就是輕易就會放棄的人？只要別人嘲笑你，「算啦！你這種人甚麼都做不好的。」你就成為他們口中經常「半途而廢」的人嗎？

　　曾經看過一則攀登聖母峰的新聞，登山者突

遇暴風雪，無法登頂，只好往回走，希望及時走到救難小屋。當他氧氣用罄、筋疲力盡之際，自認即將命喪荒山，無論同伴如何呼喚他，他卻不再繼續走下去，而終至倒地不起。

隔天，當救援隊伍發現他的遺體時，他離救難小屋只有幾十公尺而已，讓人不勝唏噓。如果他能再堅持一下下，再多走幾步路，是否結局就不同了。

的確，有些事情不能完成，並不是我們沒有機會、努力不夠，或是缺乏天資，而是我們太容易放棄。尤其是只要別人冷嘲熱諷，面子傷了，自尊心沒了，你也隨之失去走下去的動力。

「患難生忍耐，忍耐生老練，老練生盼望，盼望不至於羞恥。」（羅馬書5:3-5）無論我們經歷多少苦難與挫折，只要懷抱希望，忍耐再忍耐，堅持到底，就能結出美好的果實。即使真的

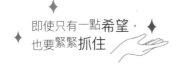

沒有結果，至少，我們收穫了經驗。

低谷天光

甚麼情況之下你最容易放棄？把這個原因找出來，下次完成計畫時，你就避開類似情況，並且告訴自己，「我可以的，我還要再試試。」絕對不讓任何人事物拖住你的後腿。

人生路要慢慢走，
才能看到兩岸風光的美好。

我們的人生如果是一趟旅程，你是急急忙忙趕到目的地，還是沿路慢慢欣賞風景，捕捉感人鏡頭，留下動人回憶？

我們活在一個事事講求快速的時代，於是，為了達成目標、完成任務，從出生開始，趕著吃奶、趕著上學、趕著去才藝班、趕著吃飯、趕著寫作業、趕著打電動、趕著上班⋯，拚命地加速在限定時間內完成任務，然後，有一天，當我們發現目標就在眼前，可是，我們收穫了甚麼？記得甚麼？再然後呢？就要躺進棺材，或是一把火

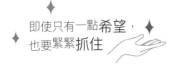

燒成灰燼，結束此生。

■ 因為慢慢走，看到許多新奇事物。

　　因為打電腦、滑手機、閱讀…等事，經常久坐，又缺乏運動的我，腰椎常常不舒服，醫生遂建議我多走路。走路是一件隨時隨地可以開始，又不花錢的好運動。除此，走路也讓我們學會慢活、留意觀察沿路風景，放鬆心情，有助思考。

　　小學時，由於生活平凡單調，當導師鼓勵我們寫日記，我深為找不到體裁書寫所苦。導師就說啦，走路時多往兩邊看看，就會有新發現。我乖乖照做，不但日記有了新內容，也養成我敏銳的觀察力，甚至捕獲許多故事靈感。

　　有回，造訪法國小鎮卡卡頌，住在城堡外的小旅館。當大家還在沉睡中，我趁著天未亮，城

堡剛剛開門，特地起了早，走入城堡慢慢逛，欣賞還在半夢半醒之間的卡卡頌，那樣寧謐的氣氛，完全不被打擾。雖然所有的店家尚未開業，我卻看到了一個素顏的卡卡頌，未經任何胭脂粉底修飾。

　　走累了，我躺在城牆上，讓風輕輕撫著，思緒彷彿隨風穿越過去的許多年代，聽到了城牆上曾經走過的許多腳步聲。直到天亮了，城裡的人陸續醒來，我才結束了這趟城堡漫遊，那成了我許多旅程中最奇特的經驗。

　　之後，我參考這種作法，參加旅行團時，特別早起到附近散步，搭乘登山火車去瑞士少女峰時，甚至在其中一站提早下車，走一段山路回到旅館，果然感受大不相同。

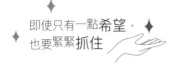
▌ 嘗試放慢腳步，困難迎刃而解。

無論你的社會角色是甚麼，你不妨嘗試改變節奏。不需要每天這麼做，只要找機會放慢速度，你百思不得其解的難題，說不定就找到答案。

你可以固定時間，也可以隨興而起，那就是以散步取代搭車，四處瀏覽。也可以開一段車，下來走一段，張大眼睛定睛看。這是專屬你的時刻，不受周邊事物打攪，專心蒐羅情報，觀察景物，就像你是城市情報員。

想想看，耶穌走遍各城各鄉、保羅三次宣教之旅，這兩位走路始祖，不都是一步步走出來的精彩人生嗎？就從現在起，以住家附近巷道、台灣本島的某處、大小公園的步道、環海的公路…，都可以這樣慢慢走，欣賞上帝的美麗創造

之餘，也讓你的人生行囊裝入不同的風景。

低谷天光

失戀了、失業了、企劃案沒靈感、報告找不到主題、追求女友總是不成功、老闆當著所有同事羞辱你、投資失利⋯，此時的你如同陷入沒有人煙的絕谷，找不到出路，鬱悶又鬱卒。「你們得救在乎歸回安息；你們得力在乎平靜安穩。」（以賽亞書30:15）請你暫時安靜下來，因為平心靜氣之後，你才能看到之前所忽略的出谷線索。

走到盡頭疑無路時，
何不求上帝幫幫你。

人定勝天。這句話不陌生吧！似乎是提醒我們，只要努力，就可以勝過一切。於是，遇到困難，自己拚命想辦法解決，結果累得半死，卻功效不彰，甚至更糟糕的是，把所有的生機都給掐滅了。

好吧！我們就不要那麼拚了，反正上帝愛你，常常有奇蹟，乾脆把所有麻煩都丟給上帝，你落得輕鬆。結果，上帝覺得你偷懶，你很可能一事無成。

這下我們陷入兩難之中，到底要怎麼做呢？

說實在話，努力是絕對需要的，可是，有些難處我們真的無計可施，怎麼也使不上力，甚至用盡各種辦法，依然走投無路。這時候，你終於體會到，這是你的盡頭。你以為只有死路一條了嗎？別放棄，我們的盡頭，正是上帝發揮大能的時候。

▌ 體認到自己的有限，把結果交給上帝。

當年，我的媳婦懷了三胞胎（一個單胞胎、兩個雙胞胎）以後，多位名醫都再三提醒，多胞胎容易早產，可能罹患各種疾病，照顧起來分外辛苦，也可能對母親造成不利影響，勸媳婦趁早減胎。同時，醫生按照懷胎位置，建議減掉位於子宮下方的雙胞胎。

兒子媳婦顧慮三胞胎的養育費用太高，缺乏

照顧人手，傾向減掉單胞胎，留住雙胞胎。婆家和娘家的長輩卻不忍心，不贊成減胎。這麼一來，原是喜事，卻變得愁雲慘霧，我焦慮到夜夜失眠，兒子夾在中間更是左右為難。

某個夜晚，我累得渾身乏力，心想，既然用盡方法都無法阻止減胎，決定放手不管了。睡前，我做了禱告，向未出世的孫子女道歉，奶奶保不住他們，同時跟上帝說，我沒辦法了，只能交給祢了。

大概是卸下重擔的緣故，那晚我竟然安睡到天亮。接下來一連串奇妙的事情發生了。先是遇見一位獨排眾議的醫師，建議我們別急著減胎，再等等看，這麼一等，等了二十幾天，就在減胎期限前一天，媳婦突然改變主意不減胎了，把一切交給上帝，並決定，這個留下的單胞胎無論男女，取名以勒（意思是上帝必供應）。

　　未料，懷孕24週時，雙胞胎姊妹遇上輸血症候群（姊妹共用胎盤，妹妹血液不斷輸給姊姊，導致姊姊血多、尿多、羊水多，妹妹卻羊水枯竭，最後可能兩個都不保。）原先體重六百多克的三胞胎，以勒繼續發育，以琳停止生長，以愛萎縮為四百多克，醫生擔心採取任何措施都會造成不幸，決定順其自然。

　　當我在午夜的醫院長廊禱告，求上帝至少保住以琳、以勒，卻聽到上帝跟我說，「我都沒有放棄，妳怎麼可以放棄呢？」

　　我悚然驚醒，是啊！我怎麼信心這麼小。三胞胎息息相關，任何一個先停止呼吸心跳，都會影響另外兩個。於是我立刻為三胞胎禱告。

　　懷孕27週5天時，三胞胎提早出生，以琳、以愛經過搶救才有了心跳和呼吸，三胞胎真是迷你，分別是898g、685g、456g。15天後，腎臟發

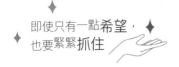

育不全的以愛離開我們（照醫生說法，以愛的條件根本無法存活，她強撐著活著出生，等於救了兄姊，也讓我們親眼見證這完全就是神蹟）。

之後，以勒（單胞胎）、以琳（雙胞胎之一）雖遭遇各種疑難雜症，感謝上帝，逐一過關斬將，如今他倆9歲了。這樣的結果，是再高明的醫生也做不出的選擇。這不是上帝出手，又是誰給我們這樣的奇蹟？

▌交託、禱告、努力，三管齊下。

聖經上說，在人這是不能的，可是在上帝就凡事都能。確實如此，當我們學習交託，上帝所賜給我們的，往往超乎我們所求所想。在我過往的歲月裡，更是深刻體會。

向來好強的你，是否也會如此？覺得只要拚

命努力，就會達成夢想。你甚至可能會想，全世界四十幾億人口，我們若把疑難都賴給上帝，上帝哪裡管得了？那是你太小看上帝了。

「當將你的事交託耶和華，並倚靠他，他就必成全。」（詩篇37:5）人類是上帝創造的，都有我們的極限，認清自己的軟弱不足，你才會學會順服，把主權交給上帝。

低谷天光

既然是交託，就不能像托嬰一般，按時托、半日托或假日托，就是完全交託，交託以後，千萬不要又把主導權抓了回來。請你找出一件最近令你焦慮的事情，例如家人關係不睦、工作職場始終不順、遇不到適合的對象、投資屢屢失利…，嘗試著交託給上帝，看看會發生甚麼奇妙的事？

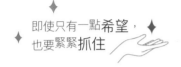
舊的不去，新的不來，
讓生命完全翻轉吧！

　　衣服不能穿了，改一改；報告寫不好被退回，修一修，你是否會發現，怎麼看怎麼怪。如果完全拋棄，重新來過，是否會不同？

　　有一回，截稿時間緊迫，我花了一上午終於完稿，結果電腦出了狀況，還來不及儲存，整篇稿子就這樣一行行在眼前消失，怎麼也攔不住。

　　事後，我在電腦裡不斷翻找，也請教電腦高手教我方法，卻怎麼也找不回來。眼看著截稿時間所剩不多，我只好新增檔案，重新寫一篇。幸好及時完成，而且我發現，竟然比之前寫得還要

好。

　　所以，生命中許多經驗，不只是更新而已，因為，更新，舊的影子還在，生命重新來過，才能煥然一新。正如同把舊情人完全拋出腦海，才可能發展新戀情，不會動輒兩相比較，結果，舊的沒追回，新的也守不住。

　　只要你有信心，生命是可以完全翻轉的。

▍被迫提前退休，卻找到事業另一春。

　　40歲那年，我因為癌症導致的健康不佳，不得已辭職，心情跌到低谷。我一直以為，雜誌總編輯的工作可以做到65歲退休，未料卻提前離開職場。為人作嫁的編輯活，改為全新創意的寫作時，收入不穩定，前途也是一片迷茫。

　　哪想到，40歲以前，我只出版了7本書，而

今75歲，成為海鷗族的我，卻出版了108本書（眼下你讀到的這本是第109本），而且還在繼續創作中。這是始料未及的燦爛春天。

曾經看過一篇報導，督洋生技公司的董事長粘振雄，原本在家電公司做到資深經理，53歲那年，卻因為公司被合併，他被迫退休，沒了工作。這時有人邀請他代理日本的健康產品，這是他完全陌生的領域，而且他年紀也不小了，親友都反對他投入新的產業。可是，粘振雄向上帝禱告後，決定接受挑戰。

轉眼20年過去，粘振雄從代理商轉為自創品牌，他們公司生產的按摩椅不僅行銷台灣，也銷往三十餘國。當初看似困境重重，要不是他毅然決然重新開始，怎麼會有如今傲人的成績單。

▌來吧！果敢地把過去打包，丟進垃圾桶。

無論我們是否有名人般的成就，但每個人的生命都是獨一無二的，也可能遭遇各種不幸事件，請記住，舊的不去，新的不來。讓陳舊的過往佔據生命的位置，如同一段已經變質的愛情，還捨不得丟開，留在心裡深處，只會不斷腐敗心靈，又怎麼有機會迎來新的感情。

所以，若要改變造型，不只是剪個新髮型或換穿新衣服，而是徹底改頭換面，完全翻轉過去的形象，從裡到外完全更新。接下來，更要改換你的心靈，這才有機會成為新造的人。

人生許多困局為何會發生奇蹟，就是因為我們勇敢地移走過去，給未來一個新的位置。

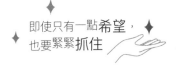

低谷天光

舊事已過，都變成新。無論過去多麼輝煌，全校第一名畢業、得過無數獎項，肩上好幾顆星星、黃金業務員、競選民意代表全國最高票…，多少的豐功偉業都已經成為歷史，他們都是你走向未來的絆腳石。與其數算過去的星光，不如看看你眼前所擁有的機會。

小泉水也能變成
一條大河流。

　　每個人出生，無論體重像巨嬰四千多克，或是如早產兒只有幾百克，都無法獨立自主，必須靠別人餵奶、洗澡、包尿布。當我們慢慢開始學爬學走路，進學校念書，進社會謀得一官半職…，之後的成就會受到出生體重影響嗎？

　　同時，你的家庭是豪門、權貴、升斗小民、軍公教家庭、菜販肉販花販…，你的未來跟出生背景有絕對的關係嗎？

■ 從河的源頭走到出海口

台灣是座海島，四面環海，我們很容易接觸到大小溪流、河海湖泊，當我們站在浩瀚的海洋面前，是否想過，海水之所以深邃無底、廣闊無邊，都是因著無數的小溪小河匯流而成？而這些河水的起點在哪兒？它們最後的歸宿又是哪座海、哪片洋？

這條小河小溪，有著一段甚麼樣的經歷？

某年我去紐西蘭旅行，住在南島的基督城，意外發現兩班不同路線的公車，分別開往基督城的主要河流──艾凡河的起點與終點，靈機一動，決定來一趟艾凡河探索之旅。

意外的是，艾凡河的發源地竟是一座公園裡的小水塘，水質清澈、草木扶疏，小模小樣的，怎麼也想像不出它會變成甚麼樣？

當我搭乘另一路公車，來到艾凡河的終點，哇！出人意料之外，小水塘竟化身為一條寬廣的大河，我沿著河岸往下走，終於望見艾凡河遼闊的出海口。

▌一棵小樹苗，總有機會長成大樹。

我們難免因著自己的出身、家世、長相而覺得卑微，可是，上帝眼中的小麻雀，照樣活躍出奔放的生命，只要我們不妄自菲薄，努力向上，終會讓人不容小覷。

我們的出生地、出生的家庭、出生的國家…，都是無法選擇的，即使父母選擇黃道吉日讓我們出生，也不保證一生精彩非凡。但是，透過我們的勤奮不懈，卻可以讓看似狹窄的生命，成就為泱泱大河。

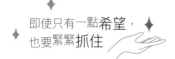
低
谷
天
光

找機會參加各級同學會，從各種背景不同的同學身上，你就會發覺，他們的成就極少跟出身或學業成績有關，而是靠著他們的打拚努力而來。你就該醒悟，自暴自棄絕不是你的藉口。

第四輯

即使不斷失敗
也要保持正面心態

學習暖化孤單，
跟孤單化敵為友。

　　一生中，我們難免有孤單的時刻。

　　從孩提起，你獨自躺在嬰兒床裡手舞足蹈。慢慢長大，沒有弟弟妹妹的你，依舊獨自堆著積木。進了幼兒園或小學，忙碌的爸媽經常把你一個人丟在家裡。長大了，沒有找到伴侶結婚，你還是獨自一人。等你老了，爸媽都去世了，只剩下你一個人，何其孤單。

　　即使你長大後，結了婚，有兒有女，某一天，孩子也可能會離開你，老伴也會先你而去世。

　　所以，愈早開始學習暖化孤單、排遣孤單，甚至與孤單和平相處，你就不會被寂寞打敗。

孤單時找件喜歡的事情來做

　　你體會過孤單嗎？你只有一個人，呼天不應求地也不應，彷彿你被拋棄在荒島，四周空無一人。接下來，慌張、恐懼瀰漫整個心靈，好像你隨時會被死亡抓走。

　　你即使開亮屋裡所有電燈，打開電視或音響，依然趕不走孤單帶給你的恐懼。讀書，讀不進去；看電視，也看不下去；洗澡？你也不敢，擔心竄出浴室殺人魔。你好希望有個人來陪伴你，你彷彿快要被孤單淹沒的人，想要緊緊抓住一塊浮木。

　　小時候我住在山上，夜裡媽媽出去參加活

動，總是帶著妹妹出門，我獨自在房間裡寫功課、讀書，窗外一片漆黑，遠山的墳塋似乎發著閃閃駭人的光，充滿想像力的我，幾乎嚇得半死。只好翻出小說閱讀，讀啊讀的，沉浸在情節裡，就逐漸忘了害怕。

週末假日時，我也經常獨自待在家裡，就利用時間整理剪報，享受自己製作的水果拼盤，聽著喜愛的音樂，讀著喜歡的世界名著，一個上午很快就過完了，有時候還嫌時間太短呢！

有了這樣的經驗，我學會自己逛街、看電影或是旅行，享受無牽無掛與自由自在的獨處時光。

■ 讓孤單從敵人變成朋友

小朋友哭鬧時，最靈驗的法寶就是——轉移

焦點，他很快就忘了為甚麼發脾氣了。所以，化解孤單也可以用此招，轉移你的注意力，去做讓你專心的事，例如看電影或電視劇（千萬不要看恐怖片！）或是打電話關懷朋友聊聊天。

也可以把孤單當作朋友，學習如何跟孤單相處。例如跟孤單對話，就有人跟牆壁、跟盆栽說話，我就曾經在害怕獨睡時跟自己說話。甚至可以打開電視的談話節目或電視劇，跟電視裡的人對話，他問別人你回答。當然，跟耶穌說話，更是保險，不會讓你心裡的祕密洩漏出去。

再來就是打敗孤單，把孤單當作猛獸，你比牠更強大，打定主意不要被牠吞吃掉。例如開亮屋子裡的燈光，對空拳打腳踢一番，養隻會叫的小狗，吠聲也可以驅走孤單。

一旦你懂得安排孤單時刻，就不致被寂寞吞噬，不管是當兵站崗、午夜輪值、出國求學、隻

身宣教、單獨赴宴、面對陌生客戶…，你都不再
害怕。

低谷天光

選定一件喜歡的任務或嗜好，利用你最容
易感到孤單時去做，譬如整理房間、整理
球卡、處理手機裡的照片，刪除不需要的
訊息、讀小說故事，當你沉浸在這件事
上，恐懼或心慌就會慢慢退去。而你也善
用了時間完成許多任務。

別讓你的疏忽，
奪走了彼此的平安。

　　你希望得到甚麼樣的幸福呢？無論是升官發財、青春永駐，都比不上平安來得重要，沒有平安，一切都歸於零。

　　見面、寫信或網路留言，我們經常會說，「平安喜樂！」誰都喜歡平安，更喜歡享受喜樂。問題是，沒了平安，喜樂又從哪兒來？

　　若是因為我們的粗心大意，剝奪了別人的平安，帶給別人的可能是滅頂之災。若是別人的隨心所欲，也可能讓你不再平安，那麼，受傷受災的你，從此就遠離了喜樂。

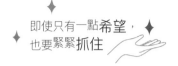
　　所以，保障別人的平安，維護自己的平安，變得非常重要。

　　除了疾病、戰爭，最容易奪走平安的就是交通事故。

　　你是否知道，交通事故每年多少起？死亡人數多少？其中，最冤枉的就是死於酒駕之手的人。

▌一個人的疏忽，奪走兩個人的平安。

　　我認識的一個年輕女孩，勤奮工作，為自己的未來努力打拚，由於工作繁忙，幾乎都要忙到午夜才能回家。

　　某個晚上，女孩騎著機車返家途中，卻在麥帥公路上，被一位酒駕的年輕人當場撞死。這位年輕人因為要出國念書，同學為他餞別，喝了不

少酒，他們既沒有找代駕，也沒有彼此勸阻，餐廳老闆更是放任他們醉醺醺地離去。結果，年輕人不但因此奪走女孩的生命，也跟自己的青春提早告別，出國求學當然也泡湯了。

一起酒駕事件，硬生生讓兩個年輕人的未來毀於一旦。

▌小心掌控你的方向盤

家裡只要有人「新手上路」，父母為兒女擔心、夫妻為伴侶操心。還記得兒子剛開始駕車上學，每到上下學時間，提心吊膽的我就緊張地不住為他禱告。

我透過展望會長期資助的一個男孩，也是在深夜返家途中，騎機車發生車禍，來不及工作賺錢報答媽媽，就結束了生命。所以，我經常提醒

機車族，騎車要小心，不要求快，平安最重要。

很多時候，面臨我們疲勞，或心情沮喪，甚至喝醉酒時刻，身邊或心裡總會有聲音提醒，我們卻忽略了。某次我去台中演講開車回台北途中，因為打瞌睡，靠近收費站時差點被車撞，幸好遇到好心的貨車司機，勸我儘快找個安全的地方停車休憩一下。

公車、火車、飛機⋯這些大眾運輸工具，乘載的人數眾多，每次只要看到火車對撞、飛機失事等意外事件，總是讓人膽戰心驚，一場災難帶走的就是許多人的生命。例如北迴線太魯閣號出軌，就是因為邊坡的工程車沒有停妥而滑落造成的不幸事件，共有49人罹難，213人輕重傷。那是多麼冤枉啊！

擔任民航機駕駛的朋友曾說，雖然飛機操控已經數位化，各種儀器非常進步，他每次駕駛飛

機都當作是自己的第一次，戒慎恐懼，決不掉以輕心。

別人的平安是我們的責任，我們的平安是家人的幸福。

原來，平安竟是這麼奢侈的小小希望。

低谷天光

「我留下平安給你們；我將我的平安賜給你們。我所賜的，不像世人所賜的。」（約翰福音14:27）我們所追求的不但是身體的平安，更是心靈的平安啊！而這樣的平安，就來自於我們懂得看重別人的生命。

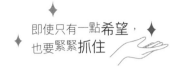

即使害羞內向，
也可以擁有好人緣。

　　參加旅行團是許多人都有的經驗，除了遊山玩水，跟一群大都是陌生團員們相處，也是很寶貴的人際經驗。千萬別認為以後也不會見面，何必費神建立關係。要知道，繳團費為的是旅行，人際關係的學習，卻是免費的收穫。

　　我曾單獨參加北歐團，受到排擠，惹了一肚子不痛快，我告訴自己，再也不獨自參團了。偏偏我之後參加15天的東巴爾幹半島之旅，又掛了單，這回，我決定改變心態，盡量不跟人結怨，也不跟自己鬧彆扭，希望留下美好回憶，事後證

明效果挺好的。

▌ 把握機會建立初步關係

　　無論是到新學校、新公司報到或參加新團體的活動，建立初步的人際關係是必要的，卻不能急，要慢慢來，尋找適當的機會伸出友善的手。

　　我因為作家的身分，經常參加各種訪問團，由於個性關係，我不太會主動跟人打招呼，久而久之，別人就以為我是架子大、傲氣、不合群，這麼一來，若參加的是長達幾天的團體活動，就很悽慘，自己當然也不開心。

　　後來，我嘗試做一點小改變。有一回搭遊覽車，有位團員暈車，不斷嘔吐，因為氣味難聞，不太有人願意搭理她，我翻出自己隨身攜帶的塑膠袋，遞給她，又拿水給她漱口，問她有無需要

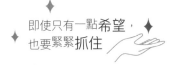
幫助的地方。我跟她之前並不認識，沒想到，下車以後，她主動找我聊天，並且謝謝我。之後參加訪問團，只要遇到她，她都對我很親切。

　　其實，如果我們真的內向害羞，不需要太勉強，有時候，舉手之勞也能為我們建立良好的人際關係喔！

▌主動付出關懷很重要

　　近幾年，我大都是獨自參加旅行團，畢竟是團體活動，獨來獨往難免落了單，也會帶來旅遊的不便。我多半只做一件小事，就能改善關係。

　　由於我大都是拍攝風景、建築，很少拍自己，眼見其他夫妻、朋友只能互拍，我就主動幫忙拍夫妻或朋友合照。

　　當我發現有位攝影師的記憶卡意外故障，我

立刻把自己備分的記憶卡送給他，他高興得不得了，甚至送了我一瓶在保加利亞時來不及購買的玫瑰酒，讓我喜出望外。

另外，有位大哥被遊覽車的冷氣吹得感冒了，我也是主動跟他說，我帶了感冒藥，可以送給他。未料他卻說，他是過敏發作。真巧，過敏體質的我，特別請醫生處方了過敏藥，當導遊買不到過敏藥時，我的藥正好派上用場。行程最後一天，已無當地外幣的我，想吃冰淇淋卻不可得之際，他卻請我吃了一客冰淇淋，坐在露天咖啡座跟他們夫妻聊天分享，那是我意想不到的美好午後。

參加國內外旅行團，因為遇上的大多數是陌生人，這是練習提升人際關係的好機會，你不需要做得太多，只要主動給予小幫助即可，例如搭飛機主動跟人換座位，讓夫妻或好友可以同座；

見到力氣比較小的旅客，你可幫忙他提行李，或
把隨身行李放入頭頂的置物櫃；休息站排隊上廁
所時，讓內急的他先上；外語能力佳的你可協助
殺價；發現他身體不舒服時報告領隊…。

　　即使旅行結束回家，不見得會再聯絡，但至
少你證明了自己的小援手，讓你有了好人緣。這
樣的方式逐漸熟練了，你就可延伸到其他方面，
藉此改善人際關係。

低谷天光

想要建立人際關係嗎？當你進入新學校、
新公司、新環境等，不妨尋找一位同樣孤
單的人，主動協助他，跟他打招呼，而不
是湧向人氣王身邊。只要懂得選擇合宜的
對象，適時付出關懷，日積月累下去，很
可能得到喜出望外的收穫呢！

失去所愛後，
找到繼續活下去的力量。

　　我們難免會遇到失去所愛的時刻，例如：失去親人、子女、配偶、情人，甚至要好的朋友，不只是悲傷難過，情況嚴重的更是痛不欲生。

　　經典的小說戲劇中，不乏這樣的故事，例如梁山伯祝英台、羅密歐茱麗葉，由於另一人的逝去，就自殺殉情，讀起來覺得淒美動人，還有人為此歌頌不已。這真是很糟糕的示範。你可以欣賞這樣的作品，但卻不要學習這樣的方式。

　　無論你多愛對方，多捨不得他，也要找到活下去的力量，這一點，電影〈鐵達尼號〉的結局

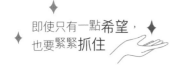
就比較正面，雖然女主角蘿絲眼睜睜看著傑克沉
入海裡，她卻選擇活下去，終至等到了救援。

▍失去所愛，另找所愛。

當我們定睛在失去裡，我們只會讓自己更悲
傷、更不快樂。何不試著在缺乏裡，嘗試捕捉另
一種經驗？

美國的當舖大王葛歐得，從小在父親的暴力
陰影下長大，父親不斷嘲笑他「失敗者」、「不
可能成功」，小小年紀的他無法反抗，只好在父
親又打又罵時，逃到外公開設的當舖去，把那兒
當成避風港。

別的小孩玩玩具，葛歐得卻對店員跟顧客之
間的談話、互動感到極大的興趣，專注於他們的
表情和一舉一動，父親對他的種種傷害，慢慢被

他拋到九霄雲外。7歲時，他就在外公的當舖裡完成第一筆生意。

學校成績表現平平的他，就此找到自己的興趣，並且在26歲獨立創業，開設42坪大的當舖，當時店員只有3位。而現在他的當舖擴大到一千四百多坪，員工更高達50位。

乍看，他很可憐，沒有一個愛他、鼓勵他的父親，他完全失去了歡樂童年。如果當時他自暴自棄或是自怨自艾，他可能一事無成。換個角度想，導致我們失去機會的人，反而促成了我們的好運。

把他沒活完的壽命延續下去

失去所愛之中，最讓人難過不捨的就是白髮人送黑髮人，做父母的，眼睜睜望著年輕的孩子

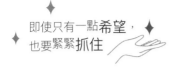
來不及享受生命，就在疾病或意外中過世。

　　雖然如此，有人在好同學溺水過世後，選擇去照顧同學的父母，成為他們的乾女兒，延續這份孝心；有人在女兒癌症過世後，四處演講，以女兒勇敢抗癌的故事激勵別人，無論生命浪濤多嚴峻，也要好好活；有人在初戀情人意外過世後，寫下兩人的故事，而成為以文字溫暖他人的作家⋯。就好像那些去世的人並未離開，以另一種方式繼續活在人間。

低
谷
天
光

「我們在一切患難中，他就安慰我們，叫我們能用上帝所賜的安慰去安慰那遭各樣患難的人。」（哥林多後書1:4）既然苦難不可免，那麼，換個思維，一旦經歷過苦痛，你會成為最能同理傷心者的助人者。

與其沉浸在悲傷中，變得一蹶不振，何不把傷痛的經驗轉換成另一種安慰、鼓勵人的正面力量，安慰別人的同時，也體驗到自己生命的價值。

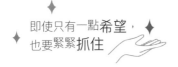

當青春一天天消失，
智慧卻一天天加增。

　　平均壽命一年年延長，放眼望去，滿街都是老人，初老老人、中老老人、高壽老人…，有一天，博愛座大概要規定90歲以上才能落座。

　　眼看著歲月在我們臉上不斷留下痕跡，即使花大錢買高檔保養品，或是使用各種醫美手術，青春還是一點點溜走。

　　看到自己頭頂冒出白頭髮，你是否急著想去染髮呢？換個角度想，白髮雖預告著老年來臨，卻也是榮耀的冠冕，老人的智慧更是歲月的淬鍊累積而來。無論我們的壽命有多長，都請記得，

年歲漸長以後，不只是頤養天年，更要懂得善用智慧，去幫助、影響更多的人。

千萬不要倚老賣老，認為別人都該讓著你，反而要成為好榜樣。例如搭公車、坐捷運，即使你已超過65歲，如果你的體力尚可，何妨讓座給需要的人。

▌婚姻上幾度波折，卻付出愛與關懷。

我媽媽今年96歲，許多人見了她，都不相信光鮮亮麗的她已經年近一百。

媽媽這一生很坎坷，第一次婚姻，很快就守了寡，多人追求的她，決定再嫁時，外婆罹患癌症，為了不讓外婆擔憂，毅然放棄自己所愛，選擇了外婆中意的對象，因此賠上第二次婚姻。但媽媽並未責怪外婆，不但照顧外婆的兩次癌症，

舅舅們跑船都不在身邊時，她更是獨自照顧罹癌的外公，即使外公非媽媽生父，媽媽依然盡心竭力。

媽媽擔任小學教職時，就是有口皆碑的優良教師，直至九十多歲時，學生開同學會，依然邀請她參加。媽媽退休後，到社會局擔任志工，負責家暴專線，以電話關懷受暴婦女，獲得優良志工獎項。更讓人佩服的是，她為了宣導免於家暴，無論日曬風雨，經常到各小學演出短劇，直到八十多歲健康欠佳才停止。

當她因為手術導致行動不便後，她改以電話關懷人，尤其是行動不便的人，她不斷鼓勵他們多出門走動。多年來，她的關懷持之以恆，從不間斷。有些年長者到我們教會聚會，就是風聞我媽媽很會照顧老人，慕名而來。

▓ 把滄桑化為點滴祝福

我們生活周遭就有不少這樣的長者，老當益壯不說，更把他們的生命餘熱，散發給更多的人。

日本有位老人家柴田豐，一生默默無聞。丈夫過世後，晚年獨居的她，在兒子鼓勵下，92歲時拿起筆寫詩，詩間充滿了她的回憶，投稿後意外獲得刊登，激勵她繼續書寫，她的詩鼓勵了不少人，並且在99歲出版詩集《請不要灰心啊！》，躍登銷售冠軍。柴田豐平常喜歡打扮得美美的，也嚮往戀愛，永保一顆少女心。在她102歲去世前，也就是人生的最後幾年，她用文字撫慰了許多漂泊無依的心。

「外體雖然毀壞，內心卻一天新似一天。」（哥林多後書4:16）何不讓我們的生命歷久彌

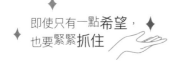

新，即使從職場退休，也可找出自己的生命價值，用這份專長，繼續發揮光和熱；或是以我們走遍大江南北、飽經風霜的故事，分享給眾人，以激勵更多的人。

低谷天光

當朋友問我，媽媽一把年紀了，怎麼看起來那麼年輕？有何秘訣嗎？我總是回答，「媽媽喝的是耶穌牌青春露。」只要把耶穌常放心中，老雖將至，與其購買昂貴的保養品，倒不如，想想你的生命故事，是不是更有價值？這些寶貴資產才能讓你的生命永保年輕。

即使被冤枉抹黑，
也不要放棄對人的信任。

信任，是人與人之間相處最重要的基礎。

因為信任，我們可以放心彼此交託，孩子相信爸媽會照顧他，情人相信伴侶會始終如一，主管相信部屬會認真效忠公司，這麼一來，任何事情的推展都變得很輕省。

可是，一旦彼此的信任瓦解，首當其衝的就是情感受傷、情誼破裂，所有的事情都無法順利進行，甚至影響到我們變得疑神疑鬼，對任何人或事，都失去信心。

如果，我們曾經遭到別人的質疑、不信任，

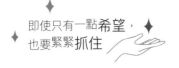
導致你傷痕累累，你會不再信任其他人嗎？

▌嚐盡被冤枉的痛苦滋味

　　幼年發生過跟「信任」相關的兩件事，讓我
印象深刻。

　　小學時我很喜歡閱讀課外書，有回媽媽拿錢
給我買書，我把找的零鈔放在書包前的口袋，搭
公車去外婆家。當媽媽跟我要買書剩下的錢，我
翻遍書包都找不到錢，那時才想起，車掌曾經不
斷跟我擠眉弄眼，似乎暗示我身邊有人偷我的
錢，我卻疏忽了。

　　可是，無論我跟媽媽怎麼解釋，她就是認定
我把找的錢買零食花掉了，順手拿起蒼蠅拍就打
我，從玄關打到客廳，從客廳打到廚房，我又痛
又冤，邊閃躲著邊哭喊「救命！」，卻沒有人來

救我，媽媽一直打到手痠為止。

　　還有一回，小四時考國語，聰明的「聰」的注音是一聲，可是當時的考卷紙質很差，不像現在白白淨淨的，於是「ㄘㄨㄥ」旁邊多了一個黑點，老師認為我寫的是四聲，就扣了我分數，導致我無法拿到100分。我跟老師解釋，請老師摳一摳那個黑點，老師說甚麼也不肯。就這樣，回家又因為沒考到100分挨了媽媽打。

　　這兩件冤案雖時隔許多年，我卻清楚記得，因為那是來自母親和老師對我的不信任，傷了我的幼小心靈。漸漸長大以後，類似這種事件並不少見，也曾遭到各種誤解、不信任、抹黑，可是，即使「百口莫辯」，我卻謹慎自己，不要冤枉別人，尤其是自己的兒女。

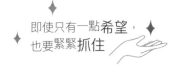
█ 給予信任勝過疑神疑鬼

社會上不少含冤莫名的人，甚至因為這樣的不白之冤，憤而自殺的，或是因冤獄而屈死獄中，讓人不勝唏噓。你聽過「疑心生暗鬼」這句話吧！當心中有了這種魑魅魍魎，你就會因為先入為主的錯誤印象，而冤枉別人。新聞報導中，更是不乏這樣的案例，一點風吹草動，大家就捕風捉影，紛紛替別人貼上「兇手」的標籤。所以，我很佩服專門為冤枉的嫌疑犯打官司的律師，要知道，被冤枉的犯人，是無法證明自己沒做過的事情，必須靠律師為他鍥而不捨地蒐集證據，才能無罪獲釋。

經常冤枉別人的你，如何博取他人的信任？所以，發生任何事情，都要給人機會解釋。尤其是父母對待兒女、老師對待學生，建立互信基礎

很重要，即使他們犯錯，也要提醒他們不要說謊，以免彼此信任的關係徹底瓦解。如果冤枉了孩子，父母、師長要及時道歉，不要覺得沒面子。誰不會犯錯？你的道歉，反而可以挽回已有裂痕的關係。

最怕的是，你付出百分百的信任，結果對方卻捅你一刀，例如配偶，明明在聖壇上許下諾言，愛你一輩子，卻瞞著你發展婚外關係；你共同討論企劃案的同事，卻私下出賣你的構想，甚至據為己有，竊占你的功勞。萬一不幸發生此種事情，對方又不承認、也不改過，記得學會保護自己，千萬不要一再被騙。

對於你很在意的關係，例如親子、情侶、閨蜜、夫妻，要小心維護，因為一次的失信，等於在對方心裡劃上一刀，日積月累的傷痕，多疼啊！記得及時停損，別讓信用破產。

低谷天光

還記得耶穌門徒多馬的懷疑嗎？他不相信耶穌復活了，非要親眼看見才相信。當耶穌再度現身時，要多馬摸摸他的肋旁，多馬這才相信。耶穌就說，「你因看見了我才信；那沒有看見就信的有福了。」（約翰福音20:29）可見得信任是多麼的難，但我們卻要學習給予信任，也要成為值得信任的人。

無論失敗多少次，都別輕易放棄自己。

　　仔細算算，我們一生中，失敗的次數似乎多於成功。可是，我們會因為失敗就放棄了嗎？你怎麼知道，失敗幾次以後，就可能成功。即使不成功，失敗的經驗不也是另一種收穫嗎？

　　你可以享受失敗的滋味，例如：失戀了，至少你曾經愛過，嚐過愛情的滋味，體會過思念的感覺。總比從沒談過戀愛的人要好吧！

　　如果因為失敗，就傷心地放棄自己，甚至選擇結束自己的生命，你永遠看不到自己後面的路途是否花開燦爛？失戀自殺的人，往往以為可以

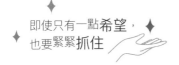

報復渣男渣女，結果呢？他們活得好好的，你卻躺在冰冷的地下，徒讓親者痛、仇者快而已。

■ 失敗那麼多次，為何還要繼續？

你是否聽過英國拳擊手巴克利的故事？他在完成生涯300場比賽後退役，你以為他的拳擊史十分輝煌嗎？不！他總共只贏了32場，輸了拳擊賽幾乎是他的家常便飯。為甚麼他依然繼續站上拳擊場？因為他享受每次上場比賽的喜悅，也期待可能的成功來臨。他認為，他即使輸了比賽，卻沒有人可以真正擊倒他。

喜歡觀賞運動比賽的人，是否想過，那些足球、體操、游泳、跆拳選手，他們往往花費許多時間練習，但是比賽幾分鐘就結束。他們享受日以繼夜的嚴苛訓練、緊張的比賽過程，為此奮戰

不休，或許會贏，即使輸了，他們擦乾眼淚，又繼續練習，等待下一次的比賽。對他們來說，輸贏是過程、享受也是收穫。

發明家愛迪生就曾遇過實驗室大火，把他的心血全部燒掉了。但是，他雖親眼目睹熊熊大火吞噬了心血研究和資料，卻未吞噬掉他的企圖心，果然，他之後的發明遠勝過以往。

法國20世紀最受歡迎的畫家雷諾瓦，在他失去健康，罹患類風溼性關節炎，手指蜷曲時，依然持續作畫，因為他深信，痛苦會過去，美麗會留下。

而我，在寫作歷程中，雖然著作超過百冊，但是也有很多本書銷售成績不佳，除了出版不景氣，也跟我書寫的主題或是行銷方式有關。我為何依然持續寫個不停？

我明白自己書寫的感動來自上帝，這本書完

成後可以幫助人，例如我失去了小孫女以愛，她卻給了我兩本著作的靈感，一本是紀念以愛的《三胞胎教我學會愛》，這書幫助高齡產婦以及懷了試管嬰兒的父母們；另一本則是在死去的胎兒和傷心的流產父母間，架起一座寬恕與愛的橋樑的《迷寶花園》。我當然希望書籍大暢銷，可是無論銷量如何，只要能對人有益，也就值得。所以，雖然我不是暢銷作家，但我卻是持之以恆的溫暖作家。

▌即使失敗了，還是要不斷嘗試，尋找契機。

每個人都當過學生，都嚐過考試的滋味，有誰每次考試都是100分呢？那是不可能的。可是，只要我們曾經嚐過考試挫敗的滋味，就會明白，自己的弱點在哪兒？哪些題目是我們不擅長

的？甚至藉此發現自己未來適合攻讀、修習的科目，不也很棒嗎！

有些事情乍看沒有希望，不可能成功，但是，只要有一點點希望，就不要放棄，更要緊緊抓住。

跑了許多趟的客戶，再拜訪一次；追了許久的女友，再追一次；爬山只剩最後一小段，再堅持一下…。可是，如果失敗幾次就放棄，這顆成功的果實就嚐不到了。

以我的《迷寶花園》這本書來說，這是我念台東大學兒童文學研究所的畢業作品。當我尋找出版社時，處處碰壁，但我依然努力嘗試，直到第11家，終於獲得出版機會。更棒的是，因著延後出版，卻等到了我的孫子以勒，用他8歲的畫筆，為《迷寶花園》畫出18張別出心裁的插畫。若是一開始就找到出版社，孫子以勒的繪畫

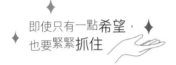
尚未成熟，出版社也不可能給他機會畫插圖。前面的失敗，反而成就了這本祖孫合作的《迷寶花園》。

人生許多失敗，並不是上帝沒有給我們機會，祂開了窗，我們嫌棄沒有門，祂開了門，我們嫌棄外面滿目荊棘。又怎麼能把失敗怪罪上帝不疼你不愛你呢？

低谷天光

有志者事竟成嗎？如果方向跑偏了，失敗再多次，也不可能成功。即使運氣很好，下一次不見得有奇蹟。唯有把每次的失敗當作借鏡，告訴自己，「打倒了，卻不至死亡。」修正之餘，再持續下去，手藝再差的人，蛋糕烤了100次，還會不成功嗎？

244

凡事量力而為，
拒絕不合理的要求！

　　我們都知道，面對不合理的要求，要勇敢跟對方說「不」！可是，為甚麼你卻總是難以拒絕，只好勉強答應呢？即使違反你的本意，也在所不「辭」之下，就會引來一堆莫名其妙的「要求」，讓你疲於應付。

　　要知道，我們有答應的權利，也有拒絕的權利，不是所有的要求都「必須」說「好」。

　　最常見的原因是，你怕得罪人、希望討好所有人。也可能是你不知道如何拒絕，看到別人比你強勢，怕都怕死了，怎麼敢拒絕？更可能是你

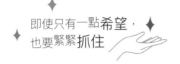
自認為做得到，所以來者不拒。高估了自己，卻把自己活活累死。

▍陌生旅客求助，差點變成甩不掉的包袱。

我第一次到歐洲自助旅行，剛走出阿姆斯特丹機場，遇見一位身材瘦削的亞洲遊客，手中拿著一張寫了人名和電話的紙條，到處求人帶他進城。

他的語言只有我們聽得懂，忍不住問他怎麼回事？他說要找一個中國朋友，卻打不通電話。機場警察過來拜託我們說，「他要找的朋友可能還沒有上班，請你們把他帶到中央車站。要不然他就要被遣送回去。」

想想這也太悽慘了，只好帶著他輾轉到中央車站。結果，還是聯絡不上他的朋友，繼續等下

去也不是辦法，只好把他交給車站警察。

亞洲遊客嚇得哇哇大哭，抓著我們不放，「我不要回去，我不要回去。」後來花費許多時間跟車站警察解釋，我們並不認識他，才得以脫身。事後想想，根本搞不清楚這位亞洲遊客的真實身分，就動了惻隱之心，貿然答應機場警察的請託，萬一他攜帶毒品或其他違禁品，我們不就惹禍上身了。

█ 凡事量力而為，勇敢拒絕不當要求。

朋友雖然要互相幫忙，可是，還是要看自己的能力、時間而定。如果你能力不及，事倍功半，非但幫不了人，還得罪人。若是你的時間緊湊，為了幫朋友，卻耽誤自己的要事，結果吃力不討好，還把自己拖下水。

　　若是不合理的要求，你勉強應付一次，對方就會接二連三地不斷找你，你怎麼辦？只要是不對的事情，你直覺不該做的，就要堅定拒絕。有多少人因為朋友在派對中說：「試試看吧！只有一次，不會上癮的。」結果就接觸毒品，深陷毒海，下場悽慘。

　　當你從小學會「拒絕」，漸漸長大了，自然就懂得拒絕作弊、拒絕婚前性行為、拒絕試探誘惑、拒絕受賄、拒絕不合理的加班。

　　先珍愛自己，你才有餘力去幫助別人。千萬別用你的生命去兌換別人的生機，你倒下了，對方卻生龍活虎。因為你只有一個，唯一的一個，沒有人可以取代你。誠如耶穌教導我們「要愛人如己」，先懂得愛自己，再去愛你的工作、你的朋友、你的親人吧！

低谷天光

有時候，我們的愛心過剩，或是我們受到的教育告訴我們，要善待他人，要彼此相愛。可是，如果這份幫助遠超過我們的能力，或是根本不該給予的協助，難道你要借貸幫別人還債、出拳頭幫別人報仇嗎？凡事量力、量心、量意而為，可別賠上了自己。

晚上睡不著，
找點有意義的事來做。

　　你是否有過失眠的經驗？很痛苦吧！據統計，台灣將近有四百多萬的失眠人口，每五人就有一人深受失眠之苦，比例相當高。

　　如果是長期失眠患者，當然應該求醫，以免影響生活和健康。但若是偶而的失眠，你是躺在床上繼續輾轉、翻來覆去、備受煎熬，還是想辦法找點事來做，填補睡不著的時間，這麼一來，雖然失去了睡眠，卻收穫了意想不到的寶貝。

▌突發的靈感讓我掀被而起

　　我經常失眠，尤其是婚後，無法適應新的生活，甚至失眠長達兩年。更年期以後，更是不斷被失眠折磨。因為吃安眠藥反而造成身體更加不適，所以我拒絕了藥物，而是想辦法填補失眠的空檔時刻。

　　有回半夜睡不著，心裡不斷有聲音說，「別睡了，起來寫信給XXX！」我抗拒著，這人我又不熟，而且我快睡著了，不想起來。可是，這聲音不停叫喚我，吵得我無法睡覺，乾脆起床，寫信給這位只有一面之緣的人。早晨醒來，心想既然犧牲睡眠寫了信，就寄限時信吧！

　　過沒兩天，我在教會做禮拜時遇到了這位收信者，她衝過來握住我的手，不住說：「謝謝！」原來，她是一位重度憂鬱症患者，某天早

晨，她心情極糟地準備出門自殺，意外看到躺在信箱裡的限時信，她邊看邊流淚，沒想到跟她不熟悉的我，竟然關心到她的需要，就像上帝差派天使來救她，於是她打消了自殺的念頭。

犧牲兩小時的睡眠，挽回了一條生命，值不值？！

另外，還有個奇特現象，失眠時，靈感特別充沛，打結的設計稿、卡住的企劃案突然有了點子，對我來說，失眠更是書寫靈感的猛爆時刻。很多年前，我計畫幫一位骨癌小妹妹寫書，醞釀好幾年，試寫過好幾篇，始終覺得不順，前後作廢了二十幾萬字，還是寫不順。結果就在一個失眠的夜晚，腦子裡突然跳出嶄新的書寫方向，我立刻爬起床，一口氣寫完整本書的大綱與架構，終於順利完稿、出版。那就是《天使不回家》，這本兒童抗癌故事還獲選為生命教育書。

▌讓失眠夜成就另一種收穫

睡前打電動、想企劃、看連續劇…，動腦太過，容易失眠。除此，失眠的原因很多，只要上床一小時還睡不著，建議你，起床吧！整理衣櫥、看書、為親友禱告（說不定就睡著了）。

或是，乾脆起床工作，說不定就提早完成當天預定的事情，這時你已累得眼睛睜不開，很可能倒頭就睡著了，這樣彈性調整，睡眠和工作兩不虧。而我主持佳音電台午夜十二點的節目〈天使不打烊〉，正是為了陪伴晚睡的人、失眠的人。

我曾經跟朋友說，無論何時，半夜時只要有需要，都可以打電話給我，不用擔心干擾我的睡眠。有次我在午夜果然接到朋友電話，聽她哭訴了兩小時，她後來累得睡著了，我卻一夜無眠。

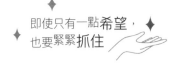
可是，我的內心卻是滿足的。

低谷天光

蒐集失眠者打發時光的好點子，你可以挑選適合自己的試試看，例如：喝杯牛奶、做做健身操、淘汰衣櫥內不穿的衣物、剪報、織毛衣、整理書架…，只要是不致亢奮的事情均可。或是，在網路尋找沒睡的人，跟他們聊聊天，說不定剛好挽回了一個正走向絕路的人。

仙人掌滿身刺，
依然需要一個擁抱。

總有一些不討人喜歡的人，例如毒舌派，句句話帶著毒針毒刺，讓聽者渾身是傷，誰會願意靠近這樣的人？可是，如果換個角度去想，這樣毒舌的人，他是否渴望關愛？他的心裡是否孤單？

正如同仙人掌，為了保護自己避免被動物啃食，以致渾身是刺；而刺蝟個子小、體力弱、動作緩慢，遇到敵人，只好把自己蜷縮起來，尖刺向外，這樣敵人就不敢靠近牠。

這麼一來，仙人掌和刺蝟也就少了朋友。他

們難道不渴望別人的擁抱嗎？遇到這樣的仙人掌一族，我們先不急著拔掉他的刺，何妨試著了解他的內心世界。

▌為甚麼身上許多刺？

我生長在一個孩子眾多的家族中，我更是唯一姓溫的人，為了生存，讓別人重視我，必須處處表現優秀，才能討人喜歡。而當我從鄉下進城念書時，為了不被同學排擠，更是努力求表現，盡力幫助人，以贏得人緣。

可是，事與願違。因為我個性急、說話直，許多話就這麼脫口而出，自以為聰明點子多，說的也是真心話，卻忘了別人是否承受得住這樣的真話？即使我針對問題提出個人見解，可是，別人卻認為我是惡意批評。我覺得很冤枉，卻無法

破解被孤立的處境。

　　我在新女性雜誌社工作17年，從編輯、主編，一路升到總編輯，好強的我，事事追求完美，又過於主觀，習慣性要求別人像要求我自己，結果，在同事眼中成了苛求，再加上，我在編輯會議中，經常直指他們的缺點，讓他們很受不了。久而久之，我變得好像刺蝟、仙人掌，沒有人願意親近我，有事情也不告訴我。甚至同事離職時，私底下說是被我氣跑的。

　　最嚴重的一回，編輯部3位編輯同時辭職，我氣得大哭。哭完了，我開始檢討自己，這才明白，人們多半喜歡聽讚美的話，求好心切的我只知道批評，卻忘了先肯定他們。正如同臉書等網路平台，你如果在別人的留言板上只有批評，很可能不是被對方封殺、列入黑名單，就是留言直接被刪除。

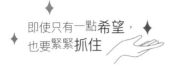

▌用他需要的方式擁抱他

當我們嫌棄仙人掌時，是否看到他躲在角落裡，悄悄舔舐傷口，卻無人伸出援手？仙人掌是否也會希望拔掉身上的刺，得到一個大大的擁抱？

而我們想要除掉別人的刺以前，應該先除掉自己的刺。當你口口聲聲說你是用愛心說誠實話，何妨捫心自問，你心中真的是愛嗎？還是羨慕忌妒恨？

這樣，當你再去檢視別人時，你才會了解他的內心，例如惡意搗蛋的孩子，是否只是渴望親情，而用這種方法吸引父母的注意。千萬不要直接就幫他貼上「壞孩子」的標籤，何妨給他一個擁抱。

玫瑰也有刺吧！為何卻得到如此多的關愛，

原來是玫瑰被當作禮物送出時，它的刺已經一根根被除掉了，所以，人們樂意把玫瑰抱在懷裡，甚至一朵朵、一束束，送給他喜歡的人。

低谷天光

當你身邊出現愛損人、虧人，滿嘴批評指責話語的人，先不急著把他當病毒般隔離，而是從另一個角度去研究他、了解他，甚至關懷他。說不定你的身邊就少了他的唇槍舌劍，而多了一個真正用愛心給你建言的好朋友。

撕掉錯誤標籤，
看到他內心的溫柔。

　　我們看到某個人物，是否會心懷恐懼，不敢跟他說話，見到他就發抖，這到底是怎麼造成的？

　　有回帶孫子去復健科做物理治療，他調皮地在座椅爬上爬下，爺爺警告他，惹治療師生氣了就會處罰他。治療師立刻糾正爺爺，「千萬不要這麼說，孩子害怕我，以後就不敢來復健了。」

　　似乎老一輩經常這樣用恐嚇來教訓小孩。媽媽當年總是嚇唬不聽話的我說：「再不乖，就叫警察來抓你。」所以，我從小除了害怕虎姑婆半

夜啃我的手指頭，就是怕警察把我抓去關起來，使得我長大後，只要聽到警察吹哨子，依然會心驚膽跳，懷疑自己是否違規了？

▌不乖的小孩，會被警察抓走？

警察是維持治安的，也是人民保母，許多民主國家都倚靠警察保持社會秩序。照說，警察值得我們尊敬，不像我從小以為的那麼可怕。這個既有的恐怖印象，直到警察對我施以援手後，才整個翻轉。

某年的雙十節，我家的老爺汽車在高速公路上拋錨，當時沒有手機，無法聯絡拖吊車，只好由丈夫開車，我和兩個念小學的兒女推車，希望可以把汽車推下交流道。推了半天，累得渾身是汗，汽車卻前進不了多少，這時警察車突然出

現，嚇得我直發抖，好擔心要被開罰單了。

　　結果呢？警察覺得靠我們六隻弱小的手，推到天亮也到不了交流道，於是，主動載我們到收費站，借電話給我們叫拖吊車，這樣的警察多可親！

　　還有一回去法國旅行，傍晚時分抵達法北的狄南小鎮時，因為隔天市集，所有旅館都客滿。眼看夜已深，商店紛紛打烊，街道逐漸被黑暗籠罩，很可能流浪街頭，無奈之餘，只好攔下路過的警察車，請他們幫忙。未料，狄南的警察竟然熱心地幫忙滿城搜尋住宿，終於找到有空房的旅館，而且，由於旅館位在郊外，他們甚至駕駛警察車親自送我們過去。

　　完全顛覆了傳說「法國警察很冷漠」的既定印象，雖是匆匆一面就此別過，但是，那份小小的溫暖溫柔，卻長留心間。

▌身邊不乏嚴肅的捍衛戰士

你會對甚麼人感到害怕呢？來自灰姑娘惡劣印象的繼母、對你體罰過當的老師、讓你打針吃藥的醫護人員、面容長相兇惡的人，還是邋遢骯髒的流浪漢…？這些來自內心深處的厭惡或害怕，使我們不敢接近他們。事實上呢？他們很可能充滿愛心，甚至在危難時刻，幫助你脫離兇惡。

921地震發生時，我正在巴黎旅行，返國的班機誤點許久，大家抱怨不已。只見幾位穿著制服、人高馬大的男士，牽著救難犬登機，原來他們是來自德國、西班牙等國的救難隊員，專程飛到遙遠的台灣，幫助遭遇大地震的我們。原先口吐惡言的旅客，汗顏之餘，絕口不再抱怨飛機誤點，紛紛送上誠摯的謝意。

我們身邊的捍衛戰士，雖有著嚴肅面容，卻在我們需要時伸出援手，提供安全的防護，也教導我們，不要以先入為主的刻板印象，幫別人貼上錯誤的標籤。

低谷天光

有的人生來嚴肅，或是他的職責所在，必須板起面孔來，千萬不要因此就認為他是惡人，嚇得保持距離。給自己機會重新認識他們，用心看而不只是用眼看，才不致被過去的印象誤導了。

丟臉丟大了？
那就把丟掉的臉皮找回來。

　　甚麼狀況讓你覺得很丟臉？全班考試最後一名；學校抽籤即興演講你卻站在台上發呆；研討會時上台報告，卻結結巴巴語焉不詳；跟女生告白卻當場被拒絕；訓練幾年參加運動比賽，卻表現失常，初賽就遭到淘汰；主持大型頒獎典禮，竟然忘詞說錯話…，這些的確讓你很沒面子，很可能還會被人羞辱，遭到網路霸凌。

　　你會從此拒絕比賽、拒絕上台、拒絕報告、拒絕告白嗎？

　　丟臉後就逃避、躲藏，那你丟失的面子再也

即使只有一點希望，
也要緊緊抓住

找不回來，何不想辦法找回面子，重新贏回掌聲，即使得不到掌聲，至少你可以證明你沒那麼差勁。

▌ 演講比賽呆呆站，被老師拉下台。

　　我從小就愛嘰嘰呱呱，小一時，老師就派我參加演講比賽，讓我上台說個夠。

　　當天我穿著媽媽親手縫製的新衣服，背著小書包，有模有樣地走上升旗台演講。沒想到，只見台下一排排許多人頭，好像一隻隻怪獸，瞪大眼睛望著我，我嚇得張口結舌說不出話，背好的稿子忘得一乾二淨，呆呆地傻站著，直到三分鐘時間到，狼狽不堪地被老師拉下台，書包落了地，新衣服沾滿灰泥髒汙。原先受盡矚目的我，變得無人聞問，只好委屈地邊哭邊走回家。

　　從此，我得了舞台恐懼症，即使是上課被點名回答問題，我都全身發抖，更別說是在眾人面前發言。大一時，參加救國團幹部活動，規定每人都要上台練習短講，我不斷祈禱別被抽中，不幸的是，不但被抽中，勉強說完下台，還被輔導哥哥當場一頓羞辱，說我講得亂七八糟。試問，已經傷痕累累的心，至此碎成片片，我還敢上台嗎？當然是視舞台為斷頭台般恐怖，避之唯恐不及。

　　時間巨輪轉啊轉，轉眼來到我38歲那年，因為罹患癌症，住院一個多月，心中卻有莫大的感動，想要說出口。我竟主動跟牧師請求上台分享見證，牧師欣然答應，我也在帶著講稿的情況下，順利完成分享。雖然還是緊張不已，但至少往前突破了一小步。

　　緊接著，我工作的雜誌社舉辦系列講座，台

中文化中心的那場演講，講員卻在前一天告知無法出場，臨時找不到其他講員，我只好匆匆代打。因我是沒甚麼知名度的代打者，深怕被噓下台，又是首次面對幾百位的觀眾，緊張得一塌糊塗，硬撐著兩小時照著講稿講完，兩腿竟然僵硬得舉不起來，好一會兒才走下台。可是，卻從此把我的舞台膽量練起來。

接下來，就開始我一連串的演講，雖然一樣害怕緊張，可是想到是榮耀上帝、幫助人，我就硬著頭皮答應了，最忙碌時，一年甚至高達幾十場演講，跑遍全省各教會、公司行號、各級學校，甚至還應邀去國外演講。演講對象更是各種各樣，包括：老中青少兒、學生家長或老師、癌症病患及家屬、醫護人員、軍人、少年犯、受刑人、各大公司行號員工等。

除了分享生命見證，更擴及旅遊、寫作、家

庭親子兩性、職場生涯等…，以另一種方式鼓勵
人、幫助人，也把我當年丟在八堵國小升旗台上
的臉皮，找了回來。

▌把握機會找回丟失的臉皮

我們多少都有類似的丟臉經驗，耶穌的門徒
彼得更是始祖。耶穌被釘十字架前，彼得斬釘截
鐵跟耶穌說，就是大家都跌倒了，他卻永遠不會
跌倒。耶穌提醒彼得，在雞叫以前，他會三次不
認主耶穌。彼得依然信誓旦旦說，即使必須和耶
穌一同死，他也絕不會背棄耶穌。

結果呢？彼得果然三次否認主耶穌，真是丟
臉丟大了。彼得應該羞愧得一頭撞死吧！耶穌卻
在昇天前，又給了彼得機會，耶穌問了彼得三次
「你愛我嗎？」當彼得三次回答「主啊！是的，

你知道我愛你。」於是耶穌交付給彼得極其重要的任務「你牧養我的羊。」這回彼得做到了，他遇到逼迫患難卻沒有逃跑，反而到處宣講耶穌復活的見證。

　　所以，別怕丟臉，你在哪兒丟失的臉皮，就去哪兒找回來。即使暫時找不回來也沒關係，你只要繼續努力，未來的光彩總會掩蓋過去的失敗。

低谷天光

失敗屈辱的回憶如同鬼魅，讓我們心裡不安。與其被尷尬時刻攪擾不安，倒不如想想如何磨練自己，扳回一城。等候耶和華的，必從新得力，如同老鷹一般展翅上騰。除非我們放棄自己，沒有人可以逼我們後退。

機會不是別人給的，
而是自己抓住的。

　　有時候，我們一直做不到某件事，或是達不到某個目標，並不是自己的問題，而是身邊太多負面的聲音，不斷告訴你，你不行啦！你不可能做到啦！你這個人註定沒有人愛啦！所以，即使機會就擺在你的面前，你只要跨出一步，就可以證明你是可以的，你還是裹足不前。

　　機會或許來自於別人，例如父母、老師或老闆，但是，如果他們不給你機會，你也要放棄送到你面前的機會嗎？

■ 塞翁失馬，就永遠找不到馬了嗎？

我們都有這樣的經驗吧！電腦裡儲存的重要報告不見了，或是費盡心力完成的一幅畫卻被人毀了，你捶胸頓足，幾乎要絕望，你是否會認為，這是連老天都不幫你，你乾脆放棄算了？

《老人與海》的作者海明威發表第一篇寓言後，很想為自己爭取出版的機會。於是，要求妻子哈德莉把他所有的手稿，從巴黎帶到瑞士洛桑。萬萬沒想到，哈德莉竟然在里昂車站，把裝滿手稿的手提箱遺失掉了。

哈德莉嚇得半死，海明威更是氣得要抓狂，這些手稿除了是海明威來到巴黎後寫下的篇章和想法，也包括他在芝加哥所寫的短篇、隨筆和詩句，幾乎是他的所有未竟作品，前後不曉得花費多少時間與心血，就此消失無蹤。

　　海明威愈想愈憤怒、愈絕望，幾乎要找醫生來幫助他遺忘這件傷心欲絕的事情。還好，海明威沒有氣昏頭，冷靜過後，痛定思痛的他，決定再給自己一次機會，從頭開始著手創作。海明威之後回憶說，這個不幸未嘗不是件好事，也幸好他沒有選擇放棄。因為，他比原稿寫得更好，不久之後，陸續出版了好幾本書，不但贏得好評，也樹立了他的獨特寫作風格。

　　「塞翁失馬，焉知非福」，的確有點道理，抓住機會重來一遍，雖然痛苦，往往收穫更好，那是因為我們已經累積了無數次的經驗，寫稿、寫企劃、設計建築物、作曲作詞⋯，都是如此。機會其實就存在前方的時光中，你又為甚麼要妄自菲薄，自暴自棄呢？

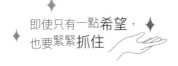
■ 拿到駕照卻上不了路

　　或許你會說，自己沒有海明威那麼偉大，小人物的我，也有類似經驗。

　　我很早就拿到駕駛執照，卻始終不敢獨自駕車上路。丈夫說他是現成司機，我不需要開車；兒子則嘲笑我「你天生註定不適合開車」，等於活生生堵住了我開車的機會，駕照也成為皮夾中的擺飾物。

　　有回，朋友去紐西蘭自助旅行，我很想同行，就跟她說，我會開車，可以跟她換手，她才點頭答應。到了奧克蘭，朋友建議我找機會練習一下，我手忙腳亂地差點跟大貨車對撞。朋友嚇壞了，後續行程只好由她獨自駕駛。

　　當我們由羅陀路亞開車趕往威靈頓搭船途中，朋友突然頭痛劇烈，無法視物，若停車休

息，勢必趕不上搭船，幾千元船票就得泡湯。我不知哪來的勇氣，跟朋友說讓我試試，只要以最低速慢慢開，讓車子保持前進，總比停在原地要好，說不定能及時趕到碼頭。朋友無奈之下只好答應。

我坐上駕駛座，邊禱告上帝，最好前方不要來車，後方不要有人超車，我就不致緊張，只要抓緊方向盤在兩線道上筆直前行，應該問題不大。沒想到，一路開下去，果然整條路上只有我們一輛車。

將近一小時後，朋友悠悠醒轉，跟我說，「開得不錯啊！回國以後妳肯定敢上路了。」說也奇怪，換朋友開車以後，前後冒出一輛接一輛的車，就像之前是上帝幫我擋住了所有來車，讓我心無旁騖地安然度過。

當然，若不是我抓住這次難得的機會，勇敢

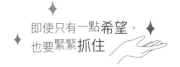

上路，可能我的駕照真的永遠派不上用場。那之後，我突破心理障礙，不但回台灣後，開著車子趴趴走，甚至在歐洲許多國家，也能自駕旅行了。

有人說，魔鬼無孔不入，稍不注意，牠就趁虛而入，藉著各種機會打擊我們信心，不讓我們完成目標。所以，當我們遇到可以發揮的機會時，千萬要緊緊抓住，無孔不入的反而是你的勇氣，大聲告訴自己，走著瞧！一定有好事發生。

低谷天光

無論是否曾經受挫、失敗，或是周遭的人如何貶低、打壓你，你都要告訴自己，沒有人可以逼你放棄。所以，請找出一件始終完成不了的事，考研究所、寫企劃案、追求愛情、獨自旅行⋯，再試一遍、兩遍，就有機會由負轉為正。

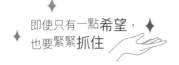
〈寫後心情〉

想要抓住的東西太多，
最珍貴的只有一樣。

抓，是本能。

出生就會抓，抓媽媽、抓奶瓶、抓玩具、抓床欄，學走路走不穩時，更是憑直覺去抓身邊的物品。這些都是可以抓得到的。

漸漸長大以後，卻發現有些東西想抓卻抓不到，抓空氣、抓陽光、抓青春、抓愛情、抓健康…，這些都會從指縫溜走。

尤其是我最想抓的愛，經常抓空。

曾經，我被人所傷，傷得體無完膚。我當時就問上帝，我付出那麼多，努力去關心去愛，為

甚麼得到的卻是傷害？

　為甚麼？為甚麼？為甚麼？

　我不斷地問，卻得不到答案，就這樣鑽啊鑽地鑽進牛角尖，愈鑽愈窄，難以呼吸，甚至幾度掛急診。某晚，恐慌症大發作，如同溺水的人怎麼也探不出頭來，我覺得自己這次活不成了，隨時可能告別人間。

　我拜託丈夫立刻叫救護車，並且通知牧師為我做臨終禱告，那個時刻，死亡的陰影幾乎完全籠罩住我。

　躺在窄小的救護床上，難受到極點，我就要死了麼？那時，我聽到一個聲音對我說：「你為甚麼要為傷害你的人而死呢？」我緊緊抓住這句如同浮木的話，是啊！我為甚麼不去看看愛我的人，卻定睛在傷害我的人，太不值得了。就這麼一念之間，我鑽出了牛角尖，呼吸逐漸變得順

暢，我活了過來。

　　一句關鍵的話，在我緊緊抓住時，給了我繼續活下去的機會。

＊　　＊　　＊

　　數十年的歲月裡，類似跨越生死的關卡不少，幾次跟死亡擦肩，特別能體會死裡逃生的感覺。還以為靠的是自己厲害的本事，所以勝過兇惡，認識上帝之後，才知道那是上帝的保守。

　　或許因為生命中經歷過的大小見證很多，充滿神蹟奇事，當中信月刊主編連瑣邀我寫一本可以激勵人的書，我一口答應下來。

　　很快就擬定主題、大綱，一篇篇的寫下去，怎麼也沒想到，寫不到一半，竟然卡住了。按照原計畫，半年可以完稿，結果卻半年延了又半年⋯，一再延期。

　　主要的是我又出狀況了，遇到人生另一場大

風暴，身心糟糕到極點，即使當時年屆七十的我順利取得碩士學位，卻無法填補心靈的空虛。彷彿置身幽谷中，被一股暗黑力量所壓制，看不到一點亮光，當然，也找不到出路。

那段時間，我深為失眠所苦，每次失眠，我就不停地問上帝，為甚麼得不到我想要的愛？我只求平凡平安而已，只求一點點的溫暖和關懷而已，為甚麼非但得不到，還傷痕累累？哭泣、流淚，沮喪到極點。我不想出門、不想見人，剛好新冠肺炎的疫情成了保護傘，在必須跟眾人的隔離下，理所當然的足不出戶。

上網試做憂鬱症自我檢測，竟然有許多症狀符合，判定我可能患有輕度憂鬱症。天哪！我這向來樂觀、兩次癌症都沒打倒的人，糾纏多年的恐慌症已夠煩人，難道又要陷入另一個困局？

我陷在死蔭幽谷裡難以脫身，消沉消極，我

要向誰求援？當時我在此書每篇篇尾有一小段溫馨提醒為〈低谷天光〉，那時自己都找不到光，這樣的見證或文章，豈不是欺騙人，做假見證。

我禱告，也祈求上帝，要等到自己安然度過這些難關，飛出低谷，才繼續書寫。

就這樣起起伏伏近兩年，幾度覺得情況稍緩，打開電腦檔案，想要書寫，卻怎麼也寫不下去，延宕又延宕。莫非，我要放棄了嗎？

就在某個嚎啕大哭的夜晚，心中的結突然被打開，上帝讓我從另一個角度思想：好人就該得到好處、好運，享受一切的美好嗎？好人就一定有好報嗎？

我自問自答，自答又反覆思量。這才了悟，一分辛勤耕耘不一定會收穫一分美好果實，痛苦、失敗，可能是另一種收穫。我付出再多，我的收穫卻不一定照我所求所想，意料之外的結果

難免會出現。

　　雲霧一點點被撥開。上帝提醒我，不要看自己過於所當看的，過高或過低都不宜，自視過高會因為得不到而失望，自視過低會覺得自己很糟糕而絕望。上帝已經給予我專屬的恩賜，我不要貪心奢求更多，而是應該好好發揮所長。

　　至於那得不到的，用盡心力都一再落空的，既然不屬於我，我就不要奢求吧！不奢求就不會失望、忌妒、埋怨、痛苦，轉而緊緊抓住上帝所賜給我的專屬絕活──寫作。

　　我感覺自己好多了，不再打破砂鍋問上帝「為甚麼得不到我想得到的」？也不會埋怨上帝，為甚麼我要受到這種痛苦？我開始學習朝前面看，把過去的種種經歷當作生命的養分，讓自己繼續生長、繼續快樂活下去，更期待與其他預料之外的美好相遇。

　　我不知道生命多長、未來苦難多少，還會遭遇多少背叛與傷害，但我知道，我抓住了上帝的啟示、上帝的話語，在患難中也要歡歡喜喜，這是多麼難做到的啊！但是我卻做到了。

　　或許，你讀得出來，這本書的前後文章心境有些不同，那是因為我在書寫時，等於一次次身歷其境。或許，你正走在我過去的路途或是其他的坎坷中，徬徨無措、前途無亮、痛苦掙扎，可是，只要有一點希望、一點力氣、一點亮光、一點氧氣、一點愛…，就要緊緊抓住不放手。

　　感謝上帝，我終於能夠書寫完成《即使只有一點希望，也要緊緊抓住》這本書，書中的每篇文章，差不多1000字左右，雖短，卻是我生命體悟的濃縮精華。特別感謝在我熬辛吃苦時，為我禱告、陪我度過的人。尤其是為我寫推薦序的忘年之交杜哥、女兒小慧，他倆都是我的見證人。

國家圖書館出版品預行編目（CIP）資料

即使只有一點希望,也要緊緊抓住 / 溫小平著. -- 初
版. -- 新北市 : 財團法人基督教臺灣中國信徒佈道會,
2023.11
　　面；　公分
ISBN 978-986-92866-4-0(平裝)

1.CST: 人生哲學 2.CST: 生活指導

191.9　　　　　　　　　　　　112016148

即使只有一點希望，也要緊緊抓住

作　　者：溫小平
主　　編：潘盈君
封面設計：林婉君
美術設計：主意文創

發 行 人：簡春安
出版發行：財團法人基督教台灣中國信徒佈道會
地　　址：241新北市三重區興德路123-7號2樓
電　　話：02-85124242
傳　　真：02-85124246
電子信箱：service@twccm.org.tw
郵政郵撥：00037472
戶　　名：財團法人基督教台灣中國信徒佈道會
出版日期：2023年11月初版
定　　價：280元
ISBN 978-986-92866-4-0